Bianca

De secretaria a esposa
Maggie Cox

Editado por HARLEQUIN IBÉRICA, S.A.
Núñez de Balboa, 56
28001 Madrid

© 2009 Maggie Cox. Todos los derechos reservados.
DE SECRETARIA A ESPOSA, N.º 2004 - 9.6.10
Título original: Pregnant with the De Rossi Heir
Publicada originalmente por Mills & Boon®, Ltd., Londres.

Todos los derechos están reservados incluidos los de reproducción, total o parcial. Esta edición ha sido publicada con permiso de Harlequin Enterprises II BV.
Todos los personajes de este libro son ficticios. Cualquier parecido con alguna persona, viva o muerta, es pura coincidencia.
® Harlequin, logotipo Harlequin y Bianca son marcas registradas por Harlequin Books S.A.
® y ™ son marcas registradas por Harlequin Enterprises Limited y sus filiales, utilizadas con licencia. Las marcas que lleven ® están registradas en la Oficina Española de Patentes y Marcas y en otros países.

I.S.B.N.: 978-84-671-7948-4
Depósito legal: B-16595-2010
Editor responsable: Luis Pugni
Preimpresión y fotomecánica: M.T. Color & Diseño, S.L.
C/ Colquide, 6 portal 2 - 3º H. 28230 Las Rozas (Madrid)
Impresión y encuadernación: LITOGRAFÍA ROSÉS, S.A.
C/ Energía, 11. 08850 Gavá (Barcelona)
Fecha impresion para Argentina: 6.12.10
Distribuidor exclusivo para España: LOGISTA
Distribuidor para México: CODIPLYRSA
Distribuidores para Argentina: interior, BERTRAN, S.A.C. Vélez Sársfield, 1950. Cap. Fed./ Buenos Aires y Gran Buenos Aires, VACCARO SÁNCHEZ y Cía, S.A.
Distribuidor para Chile: DISTRIBUIDORA ALFA, S.A.

Capítulo 1

BUENO, bueno, bueno... ¡mira quién está aquí!
Al oír aquella melosa y cautivadora voz, Kate Richardson se quedó mirando muy impresionada al hombre que la estaba observando desde el otro lado de la sala. No había sido capaz de olvidar la manera en la que los preciosos ojos azules de él la habían deslumbrado, pero lo que no recordaba era que éstos tuvieran la capacidad de derretirla por completo con sólo una mirada. Soltó el picaporte de la puerta y supo que la sorpresa que reflejaba la cara de él seguramente sería igual a la que reflejaba la suya... aunque no podía saberlo con certeza ya que apenas podía sentir los músculos de la cara.

—Luca... —dijo.

Pero no supo qué más decir y se quedó mirándolo fijamente.

—Por lo menos recuerdas mi nombre.

Ella se preguntó si realmente él había pensado que podía olvidarlo.

—Me ha enviado la agencia —aclaró. Hizo una pausa ya que no sabía cómo explicar su presencia—. Aparentemente necesitas... necesitas una asistente personal durante los próximos días —añadió, encogiéndose de hombros.

Luca esbozó una dura expresión y ella se fijó en la

perfecta simetría de la cara de aquel atractivo hombre.

–¡*Dio!* ¡Sé perfectamente lo que necesito! ¡Entra y cierra la puerta tras de ti!

Kate obedeció, incapaz de ignorar aquella severa orden aunque hubiera querido. Compartir el mismo espacio físico que aquel hombre era como sentirse guiada por una poderosa corriente que no podía controlar. Durante un momento, la sensación de vulnerabilidad que sintió fue demasiado real como para luchar contra ella.

No había sabido que él trabajaba en Londres. Pero, en realidad, lo que sabía acerca de aquel irritante espécimen de masculinidad probablemente podía resumirlo en una sola frase. En las increíbles pocas horas que habían pasado juntos en Milán hacía tres meses, horas durante las cuales no habían estado precisamente hablando de sus biografías personales, sino que habían estado descubriendo otras cosas más interesantes y entretenidas el uno del otro, no había obtenido mucha información sobre su vida.

Luca se quedó mirándola fijamente.

–Siéntate.

Aquella autoritaria orden resonó en la tensa atmósfera como un disparo de bala. Tragando saliva con fuerza, Kate separó la silla que había al otro lado del escritorio al que estaba sentado él. Le alivió mucho poder sentarse ya que sentía que las piernas le iban a fallar de un momento a otro.

El enorme ventanal que había detrás de su interrogador tenía unas impresionantes vistas que incluían el Big Ben y el Ojo de Londres. Pero aquellos imponentes monumentos no la distrajeron. No podían hacerlo ya que estaban en competición directa con el perfectamente esculpido semblante que tenía delante.

Sintió como se le aceleraba el corazón al recordar que el increíble cuerpo de Luca estaba igual de bien esculpido que su cara. Pero pensó que había tenido que pagar un gran e inesperado precio por haber disfrutado de la posibilidad de descubrir aquello. Le dio un vuelco el estómago.

–¿Por qué te marchaste sin despedirte de mí en Milán? –exigió saber él–. ¿Normalmente tratas así a tus amantes? ¿Los dejas por las mañanas sin tener la educación de, por lo menos, esperar a que se despierten? ¿Disfrutas al actuar de esa manera?

Estupefacta, Kate se quedó mirándolo. Sintió como se ruborizaba debido a la indignación y a la impresión que le causó aquello.

Pero encontró fuerzas para enfrentarse a Luca.

–¿Perdona?

–Por lo que recuerdo, la última vez que nos vimos oías perfectamente –comentó él con un desdén destinado a hacer daño.

–Simplemente me ha impresionado que pienses que actúo de esa manera normalmente. ¡Permíteme asegurarte que estás muy equivocado!

–Lo que importa es que me lo hiciste a mí, Katherine... Por alguna razón, esperé más de ti..., pero me decepcionaste.

Kate se sintió invadida por un poderoso sentimiento de arrepentimiento. Se preguntó a sí misma si actuaría de diferente manera si pudiera volver atrás en el tiempo y supo que tal vez sí que lo haría. Pero tuvo que reconocer que analizar las cosas en retrospectiva era muy fácil.

Estudiando la bella cara que tenía delante, cara que reflejaba una intensa expresión de desaprobación, sintió un enorme deseo de que Luca le sonriera. Fue un anhelo tan intenso que, frustrada, sintió ganas de llorar ya que sabía que no iba a conseguir una sonrisa por parte de él. Un escalofrío le recorrió por dentro. Recordó la fiesta que se había celebrado en la mansión de un importante arquitecto italiano, fiesta a la que su amiga Melissa la había prácticamente arrastrado y que había sido celebrada por el elegante promotor inmobiliario para el que ésta había trabajado. Desde el principio había considerado un error asistir. Había sido la última velada de sus vacaciones y, lo que realmente hubiera querido hacer, habría sido reflexionar tranquilamente sobre la manera en la que iba a reconstruir su vida cuando regresara al Reino Unido.

Se había preguntado a sí misma cómo iba a lograr volver a confiar en nadie cuando la habían traicionado de una manera tan brutal.

Pero la insistencia de su amiga al decirle que necesitaba salir y divertirse, había estropeado sus planes. Finalmente, en vez de la tranquila velada que había planeado pasar, había tenido que soportar la incómoda proximidad de numerosos extraños en un entorno muy glamuroso que no tenía la capacidad de levantarle el ánimo.

Pero las cosas habían cambiado cuando el hombre que tenía delante en aquel momento había fijado su demasiado perturbadora mirada en ella.

Mel había estado charlando con algunos de los invitados y ella se había quedado momentáneamente sola...

Luca le había dado la espalda a varias personas que habían estado obviamente interesadas en hablar con él y se había acercado a Kate. Se había presentado como Luca. Simplemente Luca. No le había mencionado su nombre completo. Gianluca De Rossi.

Ella se había presentado como Katherine, nombre que apenas utilizaba, y no comprendió por qué lo había hecho ya que todo el mundo la conocía como Kate. Pero pensó que no podía esperarse que una persona estuviera completamente en control cuando se enfrentaba a un halo de riqueza y de seguridad en sí mismo como el que desprendía Luca, el cual era increíblemente atractivo. Se planteó que tal vez en aquel momento se había sentido pequeña e insegura, por lo que había necesitado el respaldo de un nombre con un poco más de clase que simplemente «Kate».

Había muchas razones por las que había actuado de manera distinta aquella inolvidable noche... y aquélla era sólo una de ellas...

Entrelazó los dedos de las manos sobre el brillante escritorio y reunió todo el coraje que tenía para levantar la mirada y enfrentarse a la desaprobación que reflejaban los ojos de él.

—No había planeado marcharme de la manera en la que lo hice —explicó—. Simplemente... simplemente no quería despertarte. Era la última noche de mis vacaciones y tenía que dirigirme al aeropuerto para tomar un avión. Debería habértelo mencionado al principio, pero... —añadió, ruborizándose.

—Pero estabas demasiado ocupada con otras cosas, ¿verdad? —sugirió Luca, irónicamente—. Aun así... deberías haberme despertado... ¡no simplemente haberte marchado sin dejarme un número de teléfono o una dirección!

Tras decir aquello, se quedó mirándola.

–¡Deberías haberme permitido el poder ponerme en contacto contigo!

–Lo siento –respondió Kate con sinceridad. Su voz reflejó cierta impotencia. Pero le había impresionado mucho que a un hombre que se movía en las exclusivas y privilegiadas esferas en las que lo hacía Luca, le importara y molestara el hecho de que una amante de una noche no le hubiera dejado su número de teléfono. Se preguntó si se habría equivocado al asumir que él la olvidaría muy fácilmente. Tal vez se había convencido de aquello ella misma para poder soportar el dolor de dejarlo y de no volver a verlo nunca más...

La pasión que había habido entre ambos se había desatado en cuanto sus miradas se habían encontrado. Ni siquiera la relativa poca experiencia de ella con los hombres le había permitido pensar que aquello era algo normal. Había percibido una conexión muy intensa entre los dos, una conexión entre sus almas... y aquello era algo que había deseado experimentar desde hacía mucho.

Había habido algo muy especial en el italiano que ella no había sido capaz de olvidar. Pero lo cierto era que había estado muy afligida. Había perdido tanto a su madre como su autoestima... cosa que había ocurrido cuando había regresado a casa. Ambos importantes momentos habían obnubilado su capacidad de pensar y de tomar decisiones acertadas. Y, en aquel momento, tenía que enfrentarse al increíble giro que había dado su vida, giro que la había llevado de nuevo ante la carismática presencia de aquel hombre...

Había ido a aquella empresa para cubrir un puesto de asistente personal. Era un trabajo temporal, pero implicaría que estaría a las órdenes de Luca durante las siguientes semanas, mientras la asistente personal de éste estuviera de vacaciones.

—Bueno... pensándolo bien, creo que será mejor que olvidemos lo que ocurrió entre ambos en el pasado y que nos concentremos en el presente. Vamos a tener que hacerlo si queremos trabajar juntos durante las próximas dos semanas —comentó él, suspirando. Pareció sentir como si tuviera demasiada responsabilidad.

Iba vestido con un caro traje de diseño italiano, pero no podía ocultar lo cansado que estaba. A Kate le dio la impresión de que el trabajo lo había tenido recluido durante los anteriores días. Deseó poder aliviar de alguna manera su carga.

—Aunque tengo que decir... —continuó Luca— que es una coincidencia muy extraña que aparezcas en mi despacho para ocupar el puesto de mi asistente personal, ¿no te parece? Dime la verdad, Katherine. ¿Te ha incitado alguien a que hagas esto para gastarme una broma pesada? Dímelo ahora, ¡antes de que tenga que llamar a seguridad para que te echen del edificio!

Ella emitió un grito ahogado.

—¿Qué estás diciendo? ¡Desde luego que no es una broma! ¡La agencia para la que trabajo me ha enviado y ésa es la verdad! ¡No tenía ni idea de que Gianluca De Rossi eras tú! ¿Cómo iba a saberlo? Aquella noche no me dijiste tu nombre completo ni tus apellidos.

Ni tampoco me comentaste que trabajabas en Londres. Naturalmente asumí que trabajabas en Milán.

–Pero le podrías haber preguntando mi nombre a cualquier persona de la fiesta. Te lo habrían dicho. ¡Era mi casa y mi fiesta! Te hubiera sido muy fácil descubrir que tengo una sucursal de la empresa en Londres, aparte de la de Milán, y que mi centro operativo está aquí.

Kate se sintió muy irritada.

–Para tu información, aparte de la amiga con la que acudí a la fiesta, ¡no hablé con casi nadie más durante toda la velada aparte de contigo! Y mi amiga no sabía quién eras. Alguien de la empresa para la que trabajaba, alguien que no podía asistir a la fiesta, le dio la invitación, ¡sólo conocía la dirección del lugar en el que iba a celebrarse! De todas maneras, si yo hubiera querido verte de nuevo, ¿por qué habría esperado tres meses? ¡Si hubiera querido mantener contacto contigo, habría sido mucho más fácil haberte dejado mis datos en Milán!

–¿Estás diciéndome que no querías ponerte en contacto conmigo deliberadamente? ¡Qué halagador! –espetó Luca, esbozando una mueca–. Y ahora, si tengo que creer que lo que dices es cierto... ¡es el destino el que ha conspirado para juntarnos de nuevo! Supongo que uno podría concluir que, después de todo, tenemos algún asunto sin revolver entre ambos. ¿Qué piensas tú, Katherine?

Sintiéndose repentinamente muy débil, ella frunció el ceño. Se preguntó a sí misma a qué se referiría él exactamente. Aquellas palabras le perturbaron doblemente cuando pensó en el potencialmente explosivo secreto que estaba guardando...

—Tanto si tenemos asuntos sin resolver como si no, estoy aquí para trabajar como tu asistente personal, ¡ésa es la única razón por la que he venido a tu despacho!

—Entonces, si vas a trabajar para mí, debes entender algo. Espero que tu trabajo sea excelente. No tendré indulgencia contigo por lo que pasó entre nosotros. ¿Estás dispuesta a enfrentarte al reto, Katherine? Si no lo estás, telefonearé a la agencia ahora mismo para que envíen a otra persona.

La sonrisa que esbozó Luca reflejaba mucha desconfianza y cinismo. No era la misma sonrisa que había encandilado a Kate, aquella sonrisa que había iluminado toda una sala tan brillantemente como una potente bombilla. Impresionada, sintió que le daba un vuelco el estómago.

—No necesitas que manden otra persona. Soy buena en mi trabajo y tengo una actitud completamente profesional.

—Bueno, pues entonces... —continuó él— siempre y cuando comprendas que no estoy acostumbrado a que las mujeres me traten como una especie de oportunidad para aliviarse sexualmente de vez en cuando y que aquello jamás se volverá a repetir, el que trabajemos juntos quizá no cause tantos problemas.

Ella se quedó muy impresionada al oír aquello.

—¡Las cosas no fueron así! Yo nunca...

—¿Tú nunca qué, Katherine? ¿Nunca antes habías tenido una aventura de una sola noche o nunca te habías marchado de la cama de un hombre por la mañana sin siquiera despedirte? ¿Cómo voy a saber la verdad? Sólo puedo basarme en la lamentable experiencia que tuve contigo y lo cierto es que te marchaste a la mañana siguiente sin tener ninguna intención de volver a ponerte en contacto conmigo.

–¡Las cosas no fueron así! –repitió ella–. Y nunca fue mi intención utilizarte para lograr aliviarme sexualmente, ¡te lo aseguro! Había ciertas razones que me impulsaron a marcharme de la manera en la que lo hice.

–Dijiste que tenías que tomar un avión, ¿no es así?

–No sólo eso –contestó Kate, esbozando una nerviosa sonrisa con la esperanza de conmoverlo. Se dijo a sí misma que, después de todo, habían compartido algo especial aquella trascendental noche, noche durante la cual no habían sido capaces de ignorar la pasión y la necesidad que les había llevado a estar en los brazos el uno del otro. Algo de lo que experimentó con Luca le hizo sentir que había habido una carencia de algo vital en su vida.

Pero sólo tardó un instante en percatarse de que cualquier leve esperanza que hubiera podido albergar acerca de que él fuera a comprenderla, había sido una pérdida de tiempo. La expresión de la cara de Luca le dejó claro que éste no era alguien que tuviera mucha compasión.

–Había ocurrido algo en mi familia, algo que yo estaba desesperadamente tratando de asimilar –comenzó a explicar, soltándose y agarrándose las manos agitadamente–. Por eso había ido a Italia... para tratar de recuperarme. Sé que tal vez te cueste entender esto, pero la manera en la que me comporté aquella noche es tan diferente a como me comporto normalmente que a la mañana siguiente... al despertarme en tu cama... estaba... no podía creer que hubiera... quiero decir que...

–Parece que estás inventándote todas estas excusas... ¡y ni siquiera son muy buenas! –comentó él de manera burlona.

Frustrada ante su lamentable capacidad para explicarse, y sintiendo como le daba vueltas el estómago, Kate se encogió de hombros desconsoladamente.

–Obviamente no vas a perdonarme, así que quizá sí sea mejor que telefonees a la agencia para que te manden otra persona.

–No. Te daré una oportunidad –respondió Luca–. Lo que pretendo hacer es tenerte un día de prueba. Si no cumples con mis expectativas, en ese momento telefonearé para que me manden otra asistente personal.

–Supongo que no puedo discutir eso.

Kate le dio gracias a Dios de manera silenciosa por la oportunidad que Luca iba a darle de demostrar que valía ya que había estado temiendo que él fuera a haberle dicho que se marchara de su empresa de inmediato.

–Ahora... ya he perdido bastante tiempo esta mañana y debo ponerme en marcha –dijo Luca–. Tenemos un día de mucho trabajo por delante. Con tu ayuda, intentaré realizar lo más que pueda antes de marcharme a una importante reunión que tengo en el Dorchester hotel con un cliente de Arabia Saudí que también es un buen amigo mío. Va a estar sólo dos días en Londres y esta noche voy a celebrar una fiesta para él y algunos colegas que quiere que yo conozca. Mientras tanto, puedes familiarizarte con las notas que mi asistente personal ha dejado para ti. Su despacho está justo ahí –indicó, señalando una puerta–. Y, a no ser que yo necesite intimidad, la puerta entre ambos despachos siempre debe estar abierta. Conociendo tu desconcertante hábito de marcharte sin avisar, Katherine, me parece que es una precaución inteligente dadas las circunstancias, ¿no crees?

Ella se quedó mirándolo y se percató de que él le tenía muy poco respeto debido a la manera en la que se había marchado aquella mañana en Milán sin dar ninguna explicación. Le quedó claro que no debía empeorar las cosas al marcharse de nuevo...

Algo había ocurrido entre ambos aquella noche que habían pasado juntos en Italia, algo que había tenido unas consecuencias muy importantes. Fue consciente de que ya que tenía la oportunidad, le debía a Luca el revelarle su secreto... No importaba la reacción que fuera a tener éste; ya no quería, ni tenía manera, de ocultar la noticia. Y no importaba lo difícil que fuera a serle el decírselo.

–Si así es como quieres que sean las cosas, yo no tengo ningún problema –contestó, levantándose.

Pero, al ponerse de pie, notó que todavía tenía las piernas débiles. Aun así, se dirigió hacia la puerta que había indicado Luca, la puerta del despacho que probablemente fuera a ser suyo durante las siguientes dos semanas.

Al pasar junto a él, notó como la agarraba por el codo.

–¿Qué? –le preguntó. Su mirada reflejó lo asustada que estaba.

Durante un momento, la intensidad que reflejaban los azules ojos de Luca pareció llegarle al alma. El calor que desprendía la mano de éste le traspasó la ropa y le quemó la piel, casi le hizo perder la cordura.

Aquel hombre poseía un gran poder para desestabilizarla.
—*Niente*... ¡nada! —contestó él, soltándole el brazo.
Sintiendo como le daba un vuelco el estómago, Kate continuó andando y entró en su nuevo y elegante despacho.

Metiéndose las manos en los bolsillos de los pantalones, Luca sintió que necesitaba varios minutos para tranquilizarse tras su inesperado encuentro con la mujer que no había conseguido olvidar. ¡Había pensado que había visto un fantasma cuando ella había entrado en su despacho! Tal había sido la intensidad de su abrasadora, pero breve relación en Milán, que seguramente se le podría perdonar el que comenzara a creer que la había conjurado con su demasiada febril imaginación. Incluso en aquel momento todavía seguía teniendo el corazón revolucionado y podía percibir la fragancia que ella había dejado tras de sí una vez que él le había soltado el brazo de mala gana.

Aquella fragancia le hizo recordar un jardín inglés completamente empapado por la lluvia. Era la fragancia más provocadora que jamás había olido.

Como para acompañar a sus pensamientos, un intenso deseo se apoderó de lo más profundo de su ser. Entonces apartó la lujosa silla de cuero de su escritorio y se sentó en ésta. Frustrado, se pasó una mano por su oscuro pelo. Pensó que su memoria fotográfica, que normalmente era excelente, no le había hecho justicia a Katherine. Ésta era incluso más cautivadora de lo que él recordaba. Tenía una suave melena de pelo negro ondulado, así como unos brillantes ojos negros y unas preciosas pestañas. Era perfecta. Pero junto con sus ojos y su seductor y sexy cuerpo, estaba también el recuerdo de su apasionada boca, recuerdo que tenía el poder de mantenerlo despierto durante las noches. Con sólo mirarle los labios de cerca, tal y como acababa de hacer, era suficiente para que deseara besarla de nuevo y saborear desesperadamente aquel delicioso sabor a fresa y vainilla.

Se preguntó a sí mismo qué iba a hacer. Se planteó si estaba completamente loco al considerar siquiera la posibilidad de permitir que Katherine fuera su asistente personal durante las siguientes dos semanas.

Pero era obvio que su cuerpo todavía la deseaba...

La manera en la que ella lo había tratado tras la noche que habían pasado juntos le molestaba mucho. Pero, en realidad, si él quería, podía comportarse igual. No estaba buscando ningún tipo de relación sentimental profunda ni significativa con Katherine, por lo que se dijo que no tenía nada que temer.

Suspiró profundamente y recordó aquellos momentos que habían pasado juntos hacía tres meses en Milán. Katherine había tenido algo que había provocado una reacción muy intensa en él... y, sorprendentemente, no era sólo algo sexual. Había intuido una bondad innata en ella que había provocado que todos sus amigos parecieran preocupantemente superficiales en comparación.

No se había encontrado con aquel tipo de inocencia y bondad frecuentemente. Y, una vez que lo había hecho, no había podido olvidarlo... aunque en aquel momento no sabía si el destino había estado de su parte o no al haberle llevado a Katherine hasta la puerta de su despacho.

Todavía tenía que enfrentarse a la inexplicable partida de ella a la mañana siguiente de haberse acostado juntos, así como al golpe que había recibido su orgullo al haberse enterado de que Kate no había tenido ningún gran deseo de ponerse de nuevo en contacto con él. A pesar de su inconveniente deseo, todavía era demasiado escéptico como para creer ciegamente que el destino le había hecho un favor.

Tras haber perdido a Sophia hacía tres años de una manera muy trágica y amarga, había renunciado a la esperanza de volver a ser feliz. Cuando Katherine lo había dejado aquella mañana en Milán, tras la confusión y frustración iniciales que había sentido, se dijo a sí mismo que debía considerar lo ocurrido como una experiencia más en la vida y que tenía que olvidar a aquella mujer. Si hubiera querido localizarla, fácilmente podría haberles preguntando a sus amigos de la fiesta, los mismos amigos a los que había prácticamente ignorado durante toda la velada ya que había estado profundamente embelesado por ella. Éstos podrían haberle dado cierta información que lo habría ayudado a encontrarla. Pero se había resistido al impulso de hacerlo. La noche de la fiesta había encontrado algo que había pertenecido a su difunta esposa, algo que le había hecho revivir dolorosos recuerdos. Y, sin duda, había sido precisamente aquello lo que le había hecho lanzarse a los brazos de una mujer que ni siquiera conocía. Normalmente era mucho más cauto y se tomaba su tiempo para conocer a una mujer antes de acostarse con ella.

¡Pero había aprendido una muy importante lección acerca de las consecuencias que podía tener el dejarse llevar por la pasión y la lujuria!

Volvió a acariciarse el pelo con sus inquietas manos. Negó con la cabeza al recordar la lamentable pérdida de control que había tenido... Fueran cuales fueran las razones que habían motivado a Katherine para intentar optar a ser su asistente personal, desde aquel momento en adelante iba a juzgarla solamente de manera profesional. Juró que iba a olvidarse de la atracción que sentía por ella.

Capítulo 2

LA PUERTA entre el despacho de su jefe y el suyo permaneció inquietantemente abierta. Pero Kate no miró a través de ésta tan frecuentemente como su, en ocasiones, acelerado corazón hubiera querido. Aun así, tal vez obstinadamente, deseaba ver al hombre que ocupaba el despacho contiguo... el hombre que le ordenaba las cosas de manera autoritaria, como si no le importara el efecto que podían tener aquellas órdenes, y que, mientras ella ocupara aquel puesto de trabajo, claramente pretendía tratarla como si fuera inferior a él.

Podría haberse sentido desesperada al recordar la calidez que le había entregado Luca la noche en la que habían hecho el amor, pero se negaba a hacerlo. Sentir pena de sí misma no la ayudaría en nada. Pero su ya delicado estómago le había dado muchas vueltas aquella mañana cuando, angustiada, había pensado en el secreto que estaba guardando. Un secreto que, a juzgar por la nula alegría que había mostrado Luca al volverla a ver, podía compararse con algo que se pretendía pasar oculto por la aduana de un aeropuerto.

Aquella noche mágica que habían pasado juntos en Milán parecía ser una fantasía irreal si tenía en cuenta la desconfianza y la desaprobación con las que él la estaba tratando. Y, si Luca ya tenía sospechas acerca de los motivos por los que ella estaba allí, no sabía cómo iba a comportarse cuando se enterara de la increíble noticia que le iba a revelar...

Había querido compartir con él aquella noticia desde el principio, pero no había podido ya que simplemente no había tenido manera de localizarlo. Tras conseguir un trabajo en los Estados Unidos, su amiga Melissa se había marchado de Italia inesperadamente y todavía no se había puesto en contacto con ella para darle su nuevo número de teléfono y dirección. Y Kate había sido incapaz de recordar la dirección completa de la mansión en la cual se había celebrado la fiesta... ¡por no hablar del lugar de trabajo en el que habían contratado a Melissa!

Parecía que todos los caminos que podía haber tenido para localizar a Luca se le habían cerrado. No había dejado de repetirse a sí misma que aquella situación era solamente culpa suya por no haberle dejado a él un número de teléfono o dirección donde encontrarla.

En su nuevo despacho, se forzó en centrarse en el trabajo. Supo que iba a tener que esperar el momento oportuno para confesarle la verdad a Luca. Pero el problema era que, aparte de todo lo demás, realmente necesitaba aquel trabajo y no tenía ninguna intención de fallar durante el periodo de prueba. La agencia iba a pagarle el salario máximo por aquel tipo de puesto y, dada su situación, le vendría muy bien el dinero extra.

De hecho, aquello era un eufemismo. Ella había estado tratando de ahorrar cuanto dinero había podido, pero vivir en Londres era caro y la cifra que había logrado reunir hasta aquel momento apenas le permitiría sobrevivir durante un mes sin trabajar. Había pasado muchas noches sin dormir pensando en su futuro.

Apartando a un lado sus preocupaciones, no tardó mucho en habituarse al trabajo, aunque su estómago no se tranquilizaba; no dejaba de darle vueltos como en un recordatorio de que estaba viviendo con una potencial bomba en su interior hasta que hablara con Luca. Entonces oyó una nueva orden de éste...

–Ven a mi despacho.

Él no esperó a que Kate se levantara de su escritorio. Tras asomar la cabeza por la puerta del despacho de ésta de manera brusca, regresó al suyo, el cual estaba decorado con unos bonitos muebles modernos y tenía llamativos cuadros en las paredes.

Al detallarle los pormenores del trabajo, Lucy, la gerente de la agencia de empleo, le había comentado a Katherine lo increíblemente exitoso que era el imperio De Rossi.

Tomando su bloc de notas y un bolígrafo, Kate se levantó y se dirigió al despacho de su jefe, al que no quería hacer esperar.

–Siéntate –le ordenó él sin preámbulos.

A ella le fue difícil mantener una actitud profesional ya que la colonia que llevaba Luca acentuaba el increíble atractivo de éste. Sintió como un erótico cosquilleo le recorría la espina dorsal. Aquella fragancia era un apasionado recordatorio de la sensualidad y belleza que habían acompañado a la noche que habían pasado juntos, así como del magnífico amante que había resultado ser él.

Le había embelesado todo acerca de aquel hombre... desde su cara colonia hasta su levemente acentuada voz, así como la manera en la que cada fuerte músculo de su cuerpo se había flexionado de una forma tan inolvidable bajo sus turbados dedos.

Repentinamente, sintió miedo de que Luca pudiera de alguna manera intuir lo que estaba pensando y apenas se atrevió a mirarlo a los ojos... aunque parecía que la perturbadora mirada azul de él no vacilaba al analizarla detenidamente.

–Mi amigo Hassan se ha puesto en contacto conmigo y estoy a punto de salir para encontrarme con él. Me alegra ver que llevas una chaqueta arreglada sobre tu vestido y que el largo de éste es adecuado ya que necesito que me acompañes –comentó Luca, dándole vueltas repetidamente al bolígrafo dorado que tenía en las manos. Parecía que tenía demasiada energía corriéndole por las venas como para contenerla–. Aunque Hassan es un saudí bastante occidentalizado, las primeras impresiones lo son todo y mi asistente personal debe reflejar la profesionalidad y la cordialidad de la que nos enorgullecemos en esta empresa.

Kate se sintió indignada al percatarse de que obviamente Luca había sentido la necesidad de enfatizar algo que ella daba por sentado... y con algo muy parecido al desprecio reflejado en la mirada.

–¡Conozco la cultura saudí! –contestó acaloradamente–. Una vez trabajé para una compañía petrolera en Dubai durante seis meses, ¡por lo tanto sé lo que se espera! Aparte de eso, innatamente sé cómo comportarme de manera profesional cuando se trata de relacionarme con los clientes de mi jefe. ¡No habría durado tanto en mis cargos como asistente personal si no lo hubiera sabido!

Él levantó una ceja de manera burlona.

—Estás llena de sorpresas, Katherine. Me doy cuenta de que no puedo dar nada por sentado en lo que a ti se refiere. Pero eso ya lo he sufrido en mis propias carnes... ¿no es así?

—¿Querías algo más? —respondió ella, mordiéndose la lengua para no contestar otra cosa. Se recordó a sí misma que debía mantener el control y la calma.

Pensó que, aunque aparentemente Luca obtuviera un perverso placer al mortificarla de aquella manera, aunque creyera que ella no merecía otra cosa que su desprecio, lo que no iba a hacer era empeorar la situación cayendo en su juego.

Todavía tenían que hablar de lo más importante, de algo que estaba cerniéndose sobre su cabeza como una avalancha a la espera de causar unos resultados devastadores. Antes o después, iba a tener que reunir todo su coraje y confesarle su secreto.

—Sí —contestó él—. Tal vez quieras retocarte el maquillaje un poco y arreglarte el pelo antes de que nos marchemos. No me gustaría que esa rebelde y sedosa melena fuera a distraer a mi cliente cuando discutamos asuntos importantes.

Kate se quedó mirando a Luca con la incredulidad reflejada en la cara. Parecía que éste pensaba que ella llevaba el pelo suelto con la intención de provocar y atraer a los hombres. Comprendió que aquel atractivo italiano iba a aprovechar cada oportunidad que tuviera para denigrarla y mofarse de ella durante las siguientes dos semanas. Pero el hecho de que la atacara de manera personal le pareció demasiado. Era cierto que le era difícil controlar las rebeldes ondas de su pelo, pero siempre lo llevaba muy bien cortado en una melena a la altura de los hombros, así como limpio y brillante.

Pero desafortunadamente el comentario de él había provocado que ella recordara una mala experiencia que había tenido de niña. En ocasiones, algunos desagradables compañeros que había tenido en la escuela de gramática a la que había asistido se habían burlado de ella llamándola «pequeña gitanilla desaliñada». Y sólo lo habían hecho porque había vivido en un piso de protección oficial y no en alguna de las bonitas calles en las cuales muchos de ellos vivían en acomodadas viviendas.

Podía decirse que siempre le había acompañado la sensación de no ser suficientemente buena, sensación que había comenzado a sentir debido a su negativa experiencia en la escuela. Pero no iba a permitir que aquel arrogante y privilegiado hombre volviera a hacerle sentir de nuevo como aquella niña insegura que había sido de pequeña.

No iba a permitir que el rencor que Luca sentía hacia ella hiciera aún más mella en su autoestima.

Agarró su bloc de notas con fuerza y se sentó muy erguida en la silla. Se sintió invadida por el enfado, enfado que superó al dolor que todavía sentía.

–No me parece que comentarios tales sobre mi pelo sean adecuados. ¡Y, sea cual sea el tiempo durante el cual trabaje para esta empresa, será mejor que te reserves para ti mismo la opinión que te merece mi aspecto físico! Para que lo sepas, he sido asistente personal durante casi ocho años y durante todo ese tiempo jamás nadie se ha quejado de la manera en la que me peino o de mi aspecto.

–¡No lo dudo! –contestó Luca–. Pero supongo que la mayoría de tus jefes han sido hombres, ¿no es así?

–¿Qué estás sugiriendo exactamente?

Él se echó hacia delante en la lujosa silla de cuero de su escritorio.

—No necesitas que te lo explique, ¿verdad, Katherine? —dijo, mirando a su nueva asistente personal de manera perturbadora—. ¡Por supuesto que ningún hombre heterosexual con sangre en las venas se quejaría de tu aspecto! Seguramente les pareciera un reto tener alrededor a una chica con tales... atractivos.

Tras decir aquello, Luca hizo una pausa.

—Doy por hecho que comprendes que lo digo como un cumplido y no como un insulto —añadió.

Kate no quería que él le hiciera cumplidos... no cuando éstos estaban impregnados de un obvio resentimiento hacia ella.

—Entonces... ¿cuándo salimos? —preguntó, levantándose.

Le sorprendió ver que Luca hizo lo mismo. De nuevo se sintió en desventaja al observar la imponente altura de éste, así como al sentir la arrogante mirada que le dirigió, mirada que seguramente estaba destinada a hacerle sentir aún más inferior.

—Mi coche estará en la puerta del edificio dentro de diez minutos —contestó él, mirándola de manera casi insolente de arriba abajo.

Aquel día ella se había puesto el vestido y la chaqueta más elegantes que tenía. Pero se percató de que Luca se habría dado cuenta de inmediato de que no eran de la misma calidad que su traje de diseño. Aunque, en realidad, la mirada de éste era perturbadora por otra razón. Fue consciente de que él conocía su cuerpo de manera íntima y se sintió muy vulnerable en su compañía.

Sintió un cosquilleo por los pechos y, tímida, se los

cubrió con la chaqueta, como si el escote de su vestido fuera demasiado abierto... lo que no era el caso.

–Pues entonces será mejor que vaya a prepararme.

Justo cuando había llegado a la puerta de su despacho, Luca volvió a dirigirse a ella.

–No te hagas nada en el pelo –dijo–. He cambiado de idea. Voy a tomar los planos necesarios y nos veremos fuera.

Tras decir aquello, él tomó el teléfono y espetó una impaciente orden a la pobre y desprevenida recepcionista de la entrada principal.

Luca hizo una pausa en la conversación que estaba manteniendo con su amigo Hassan acerca del nuevo y espectacular moderno hotel que estaban construyendo para éste en Dubai. Aunque Luca era el responsable del diseño original, dos colegas suyos más habían estado implicados en el proyecto inicial e iban a supervisar las obras en la ciudad saudí. En aquel momento ambos estaban fuera del país hasta el fin de semana, por lo que naturalmente Hassan quería tratar con el jefe de los arquitectos, que a la vez era su amigo.

Quería tratar con Luca.

Éste había hecho una pausa en lo que estaba diciendo ya que su amigo estaba mirando descaradamente a la mujer que estaba sentada en el extremo opuesto de la mesa de la sala de reuniones mientras tomaba notas. Al observar el indudable interés que Hassan tenía en Katherine, se sintió invadido por los celos. Pero se dijo que no podía culpar a su amigo por mirar a su asistente personal con aquella abierta fascinación. Durante tres interminables meses, él mismo se había sentido frustrado y provocado por el recuerdo del exquisito cuerpo de ella. Había tenido que reconocer que había habido algo más acerca de aquella mujer, algo más profundo aparte de la inolvidable cara que tenía y de las facciones que hacían que todos los hombres desearan conocerla y poseerla. Pero no se había permitido a sí mismo indagar mucho sobre ello. Todo lo que sabía en aquel momento era que ninguna otra mujer podría cautivar a nadie tan intensamente como lo hacía ella yendo simplemente vestida con un sencillo vestido y una chaqueta, llevando el mínimo de maquillaje en la cara y sin ninguna joya que adornara su cuerpo.

Pero admitir aquello no le hizo estar de mejor humor. Se había sentido muy frustrado desde el momento en el que Katherine había entrado en su despacho y, aunque el deseo que sentía parecía ser algo independiente a su voluntad, estaba preocupado ya que no quería que ella se riera de él una segunda vez.

Carraspeó y Hassan volvió a mirarlo. Éste estaba completamente tranquilo y en absoluto avergonzado ante el hecho de que su amigo se hubiera percatado de que había estado comiéndose con los ojos a su asistente personal.

–¿Qué estabas diciendo, Luca? –preguntó, sonriendo.

Luca miró brevemente a Katherine para reprenderla silenciosamente, como si fuera culpa de ella que el otro hombre hubiera estado mirándola tan abiertamente. Entonces continuó explicándole a su amigo sus planes. Pero tuvo que controlar con todas sus fuerzas el casi irresistible deseo que sintió de que la reunión terminara para así poder llevar de nuevo a

Katherine a su oficina. Pensó que allí por lo menos podría estar de nuevo a solas con ella.

Consciente de que estaba siendo muy posesivo, debería haberse despreciado a sí mismo por ser tan débil, por sentir algo que sabía que no podía acarrearle otra cosa que no fuera más dolor del que ya le había acompañado durante demasiado tiempo. Pero su ego le impulsaba a no permitir que Katherine lo abandonara una segunda vez, no antes de que obtuviera alguna clase de compensación por la manera en la que ésta se había marchado aquella mañana...

Una hora después, cuando la reunión por fin hubo terminado y Luca había contestado a todas las preguntas de Hassan acerca del nuevo hotel, éste le apartó a un lado en el elegante hall del hotel.

–Luca... tengo que preguntártelo. Tu asistente personal... ¿está soltera? –quiso saber, mirando por encima de su hombro a Katherine.

Ella estaba esperando de pie pacientemente cerca de la entrada.

–No vi que llevara alianza –añadió.

Durante un momento, Luca pensó algo que le intranquilizaba mucho. Ya lo había considerado con anterioridad, desde luego, pero en aquel momento se vio forzado a hacerlo de nuevo. Se planteó si la razón por la cual Katherine se había marchado de aquella manera en Milán sería porque estaba casada. Tal vez aquello explicara que no le hubiera dejado ningún número de teléfono ni dirección donde poder encontrarla. Quizá se había arrepentido del adulterio que había cometido y, agobiada por el sentimiento de culpa, se había marchado a toda prisa antes de que él hubiera podido descubrir cualquier detalle personal de su vida con el que haber podido incriminarla.

Frunció el ceño y sintió como la tensión se apoderaba de su estómago.

—No —contestó, esperando fervientemente que fuera la verdad—. No está casada.

—Entonces... ¿sabes si hay algún hombre en su vida? Me refiero a si tiene alguna relación seria.

Sintiendo como le daba un vuelco el estómago, Luca mantuvo la expresión de su cara tan impasible como le fue posible.

—Creo que Katherine no se está viendo con nadie, amigo mío, pero lo que sí sé es que ella y yo tenemos... por decirlo de alguna manera... algunos negocios por resolver. ¿Responde eso a tu pregunta?

Al árabe se le quedaron los ojos como platos. Se encogió de hombros y sonrió.

—¡Eres un enigma, amigo mío! ¡Pero no me sorprende tu interés en ella! ¿Quién podría culparte por estar con tal belleza?

Al mismo tiempo, ambos hombres dirigieron sus miradas hacia Katherine. De nuevo celoso, Luca se percató de que la delgada pero a la vez contoneada figura de ella, así como sus preciosos ojos y su oscuro y brillante pelo, estaban atrayendo otras miradas aparte de las suyas.

—Yo daría lo que fuera por estar sólo una noche con una mujer como ésa —dijo Hassan, dándole una palmadita a su amigo en la espalda—. Pero lo digo sin ánimo de ofender, amigo mío —se apresuró en añadir al darse cuenta de que el italiano había esbozado una mueca de desaprobación–. Eres un hombre con mucha, mucha suerte.

Mirando a Katherine, Luca pensó que aquello era cuestión de opinión.

–Dejando ese tema a un lado... –continuó Hassan alegremente– me gustará mucho verte esta noche en la pequeña fiesta que tan amablemente vas a celebrar en tu casa para mis socios de Riyadh y para mí. Todos tienen muchas ganas de hablar contigo acerca del increíble trabajo que realizas y, si no estoy equivocado y las cosas marchan bien, al finalizar la tarde tendrás otra valiosa comisión.

Incapaz de ignorar durante un segundo más el hambre que estaba sintiendo, y habiéndose olvidado de tomar las galletitas que se había acostumbrado a llevar en su bolso, Kate llamó con delicadeza a la puerta abierta que separaba el despacho de Luca del suyo para captar la atención de éste.

–¿Qué ocurre?

La poco cordial respuesta de él tal vez le habría podido resultar intimidatoria si Kate no hubiera estado ya comenzando a acostumbrarse a ello. Entró en el despacho de su jefe y observó que éste estaba colocando en su enorme escritorio unos planos. Se percató de que se había aflojado la corbata y de que tenía el pelo levemente alborotado. Pensó que Luca trabajaba mucho; eran ya las dos y media de la tarde y no había indicación alguna de que fuera a parar para comer o, ni siquiera, para tomarse un café.

Frunció el ceño.

–Me estaba preguntando si podría salir para comer

un sándwich. Esta mañana no he desayunado y no sé tú, pero yo tengo bastante hambre. ¿Quieres que te traiga algo a ti?

Él se quedó mirándola... durante largo rato. El silencio que se apoderó de la sala fue casi ensordecedor y ella sintió como si los pies se le hubieran quedado pegados al suelo bajo el perturbador escrutinio de Luca.

–¿Has oído lo que te he dicho? –insistió, sintiendo como se le formaba un nudo en la garganta debido a la tensión que se había apoderado de la situación.

–Mi amigo Hassan me preguntó si estabas casada –comentó él, arrastrando las palabras. Miró de arriba abajo con sus azules ojos el cuerpo de Kate.

La sensación de hambre que había estado sintiendo ella desapareció instantáneamente. En vez de ello, un hambre de un tipo muy distinto se apoderó de su cuerpo. La lasciva mirada de Luca le hizo sentir como si éste estuviera físicamente tocándola y provocó que, invadida por el deseo, se estremeciera. Pero entonces se percató de la trascendencia de lo que había dicho su nuevo jefe y se sintió profundamente impresionada.

–¿Estás casada, Katherine? –preguntó él.

–¡No, no lo estoy! ¿Y por qué debería importarle eso a tu cliente?

–¿No te diste cuenta de la manera en la que te miraba?

–¡Estaba ocupada tomando notas de la reunión!

–De todas maneras... lo que me preocupa no es el interés de mi amigo en la respuesta, sino el mío. Así que, si no estás casada... ¿tienes novio?

–No tengo novio. ¿Es eso lo que pensaste? ¿Que estaba con otra persona cuando estuve contigo?

–Poco después de despertar y ver que te habías ido,

sí que pensé que tal vez el haber bebido demasiado champán la noche anterior en la fiesta te había hecho perder un poco los papeles aunque estuvieras casada... podríamos decirlo así. Pensé que quizá sólo estabas buscando pasar un buen rato y que, cuando surgió la oportunidad, la tomaste. Me planteé que por la mañana, al descubrir lo que habías hecho, tal vez te sentiste superada por un sentimiento de culpabilidad y decidiste marcharte de allí antes de volver a hacer alguna tontería...

Katherine se quedó muy impresionada ante aquella hipótesis.

–Bueno, pues estás equivocado. ¡No fue así en absoluto! –espetó.

Angustiada ante la idea de que Luca hubiera podido siquiera pensar que ella se había marchado aquella mañana porque estaba casada o porque tenía una relación con otra persona, se cruzó de brazos y, desesperadamente, trató de pensar con claridad. Se preguntó cómo podía él imaginarse algo así. Se planteó que tal vez ella se había imaginado la conexión que había habido entre ambos, una conexión que había creído que iba más allá de lo meramente físico.

–Entonces... ¿qué ocurrió, Katherine? Y, en esta ocasión, quizá puedas hacerme el favor de decirme la verdad sobre por qué huiste de mí aquella mañana.

La verdad.

Kate pensó que aquello parecía muy fácil. Pero, en realidad, no era sencillo. En absoluto. Era un terrible y vergonzoso error que no debía volver a repetirse.

Capítulo 3

HASTA hacía poco más de seis meses, Kate había estado comprometida en matrimonio con Hayden Michaels, un exitoso y guapo corredor de Bolsa al que había conocido mientras había estado realizando un trabajo temporal. Hayden era un prodigio dentro de la compañía para la que trabajaba, un hombre joven con grandes ambiciones que se esforzaba mucho para conseguir lo que quería..., pero que también jugaba de manera despiadada.

Aunque le había llamado la atención, ella no se había sentido muy cautivada por él al principio. Su naturaleza precavida le había advertido que no se involucrara con un hombre que parecía tratar la vida como si fuera una gran fiesta y una enorme oportunidad para obtener dinero.

Su madre, que la había criado sola, había inculcado en ella unos firmes y sólidos valores. Y el secreto de Kate, su pequeña ambición, era que deseaba conocer algún día al hombre de sus sueños, enamorarse y tener la familia que tanto anhelaba. Al haber sido hija única, siempre había deseado tener hermanos ya que frecuentemente se había sentido sola. Haber sufrido acoso en el colegio no la había ayudado a no sentirse marginada.

Siempre había sido muy consciente del esfuerzo

que había tenido que realizar su madre para conseguir que la economía familiar marchara adelante, por lo que, en vez de haber ido a la universidad cuando había obtenido los resultados de los exámenes previos a ésta, había optado por realizar un curso de secretariado durante un año para después ponerse a trabajar y poder aliviar la situación financiera de su progenitora.

Durante los años había salido con varios hombres, pero nunca había encontrado la pareja con la que había soñado. Cuando había conocido al guapo y divertido Hayden Michaels, le había atraído algo de éste. Pero instintivamente había sabido que no era la clase de hombre que quería sentar la cabeza con una mujer, formar una familia y tener hijos. No cuando la ambición era lo único que lo movía.

Había decidido resistirse a su atractivo. Pero día tras día, semana tras semana, al tener que trabajar junto a él en la oficina, la encantadora sonrisa de Hayden, su perpetuo buen humor y su inagotable determinación por invitarla a salir, habían logrado persuadirla para que le diera una oportunidad. Su madre había muerto repentinamente de un infarto solamente dos meses antes de que lo hubiera conocido y ella se había sentido muy sola... aunque en realidad no había compartido con su madre una estrecha relación.

Según había transcurrido el tiempo, había comenzado a ver una faceta nueva de su novio, aspectos que la habían conmovido mucho más que los caros regalos que éste le hacía. Había sido un lado sensible, tal vez incluso vulnerable, lado del que se había percatado al observar el miedo de Hayden al fracaso, el miedo que sentía a que sus colegas y amigos no pensaran que era suficientemente bueno, el que le había llegado a lo más profundo de su corazón.

Su ex novio había sentido verdadero pánico a no ser capaz de mantener el éxito que había logrado. Quizá Kate se había dado cuenta de que Hayden temía las mismas cosas que ella misma había temido desde aquellos días de colegiala en los cuales se habían burlado de ella por haber sido la chica pobre de la clase, la chica a la que su madre no podía llevar de vacaciones al extranjero, ni comprarle ropa bonita, ni inscribirla en clases de baile como hacían los padres de las demás niñas.

Pero, en realidad, no había sido la carencia de todas aquellas cosas lo que había provocado que Kate fuera tan vulnerable. No. Había sido la falta de cariño por parte de su madre lo que más le había afectado. Agotada de tanto trabajar y por tantas preocupaciones, Liz Richardson había construido una dura barrera alrededor de su corazón, barrera que había mantenido a su hija apartada de ella emocionalmente.

Pero, además, como había sufrido cierto acoso en el colegio y un sentimiento de baja autoestima que tal vez había adquirido por la educación que había recibido, Katherine había sentido que su propio corazón también estaba creando una barrera para protegerse. Incluso cuando los hombres le habían dicho que la encontraban atractiva, siempre había habido una parte de ella que no les había creído y que había esperado secretamente oír la verdad; que ella no era nada parecido a las cosas deseables que le decían que era, que todavía era la niña pobre de pelo rebelde que había sido admitida en la escuela de gramática por pena y no porque fuera inteligente o mereciera estar allí.

Cuando un precioso domingo por la mañana, durante un paseo por Hyde Park, Hayden le había sorprendido con un anillo de compromiso, ella se había quedado realmente impresionada. Él le había dicho que la amaba y que apenas había podido pensar en otra cosa que no hubiera sido el casarse con ella. Kate le había prometido que lo pensaría... le había dicho que quizá era demasiado pronto para acceder a un compromiso tan importante ya que sólo se habían conocido hacía unos pocos meses. Pero Hayden había seguido insistiendo y, aunque ella no tenía sus sentimientos hacia él muy claros, tontamente había aceptado a comprometerse. Era cierto que hacía poco que había perdido a su madre y, con perspectiva, se había dado cuenta de que tal vez había estado tratando de obtener el amor y la atención que le habían sido negados durante tanto tiempo. Quizá por aquello, la proposición de Hayden y su declaración de amor le habían resultado tan atrayentes.

La noche en la cual se habían comprometido, le había entregado su virginidad a su futuro marido. Incluso había comenzado a sentirse emocionada ante la idea de casarse y formar una familia con él. Pero sólo una semana después, todos sus sueños de un futuro feliz, de un marido devoto y de unos ansiados hijos, se habían desvanecido rápidamente.

Hayden le había dicho que tenía que viajar a Ámsterdam por negocios y que cuando regresara, aquel mismo día por la tarde, pasaría a buscarla para llevarla a cenar a uno de sus restaurantes favoritos. Pero durante la mañana, mientras estaba en el trabajo, Kate había comenzado a sentir unos dolorosos calambres que habían empeorado según había transcurrido el tiempo. Cuando llegó la hora de comer, se sintió bastante enferma debido al dolor. Su jefe le dijo que se marchara a casa y que descansara.

Hayden vivía en una casa en una exclusiva zona de Chelsea y ésta estaba mucho más cerca del trabajo de Katherine que su propio piso, el cual se encontraba al norte de Londres. Él le había dado una llave de la vivienda, por si acaso alguna vez se le olvidaban las suyas dentro y se quedaba sin poder entrar, o por si ella salía antes de trabajar y quería ir a esperarlo allí.

En cuanto entró en la lujosa entrada de la casa, supo que había alguien en ésta.

Con el corazón revolucionado debido a que no sabía si la persona que estaba dentro de la vivienda era un ladrón, ya que Hayden no le había telefoneado para decirle que su reunión se hubiera cancelado, comenzó a subir con recelo las escaleras que llevaban a los dormitorios. Pero en aquel momento oyó una risa femenina. Se agarró con fuerza al pasamanos de la escalera y se forzó en continuar hasta llegar a la puerta del dormitorio principal. Entonces la abrió. Vio a su novio tumbado en la cama junto a una exuberante pelirroja que por lo menos habría tenido diez años más que ella.

Recordaba haberse quedado allí de pie diciéndose a sí misma que lo que estaba viendo no podía ser otra cosa que un estrafalario producto de su imaginación ya que no se encontraba bien. Pero al haberse dado cuenta de la dura y fría realidad, había comenzado a temblar de la cabeza a los pies como si le hubieran echado un cubo de agua helada por el cuello. Se había quedado muy impresionada y, a la vez, se había sentido extremadamente furiosa. Pero lo peor llegó después, cuando Hayden le dirigió una mirada de menosprecio y se rió.

Fue la risa más fría e inquietante que ella jamás había oído.

—¡Pequeña mujerzuela estúpida! —espetó él—. ¿Por qué demonios has venido aquí a esta hora?

En aquel momento, Kate descubrió que el hombre con el que iba a casarse no era el feliz y alegre trabajador poseedor de un lado sensible que ella había creído que era. Descubrió que Hayden Michaels era un mentiroso y un timador que había tenido una amante durante más de dos años, amante a la cual no pretendía renunciar. De hecho, se había puesto furioso ante el hecho de que ella lo hubiera estropeado todo al aparecer de aquella manera en su casa.

Angustiada, había sentido como se le formaba un nudo en la garganta. Había estado demasiado disgustada como para decir nada, por lo que simplemente tiró las llaves de la casa a la cama y salió de aquel lugar tan rápido como pudo.

Todo aquello había sido algo muy vergonzoso. Sentía que había hecho el ridículo al haberse creído las mentiras de Hayden y, durante mucho tiempo después, se sintió como entumecida. Cuando pocos meses más tarde le había surgido la oportunidad de marcharse a Italia y tomarse un descanso junto a una compañera con la que había trabajado, la cual se había instalado en el romántico país mediterráneo, la había aceptado encantada.

Aquella noche en la fiesta a la que no había querido asistir, la noche en la que había visto a Luca por primera vez, se había sentido profundamente impresionada ante las intensas ansias que había sentido por estar con un completo extraño. Abrumada por él y por el deseo que Luca parecía sentir a su vez por ella, y todavía dolida por la amarga experiencia con su ex, se había permitido sucumbir ante la experta y maravillosa seducción del italiano. Pero por la mañana había visto las cosas con más calma y, diciéndose a sí misma que probablemente había vuelto a cometer un colosal error con otro hombre, se había marchado apresuradamente sin darse la oportunidad de hablar con Luca ni de pensar con claridad...

–Yo estaba... estaba superando una ruptura que había ocurrido antes de haber viajado a Italia –dijo.

El aire acondicionado que había en la sala provocó que los escalofríos que estaba sintiendo al recordar todo aquello se hicieran aún más intensos.

–Así que te acostaste conmigo por despecho, ¿no es eso lo que estás diciendo? –preguntó él, empleando un amargo tono de voz.

–¡No! ¡No estoy diciendo eso en absoluto! ¡No me acosté contigo por despecho!

–Entonces tal vez yo fui una especie de premio de consolación porque tu novio te había rechazado.

Tras escuchar la opinión que se había formado Luca de lo que había ocurrido en Milán, Kate intentó tranquilizarse y hacerle entender la verdadera situación.

–Por favor, préstame atención –le pidió, acercándose al enorme escritorio que la separaba de él, el cual estaba sentado al otro lado de éste–. Mi ex novio no me rechazó... por lo menos no lo hizo de la manera que tú piensas. Acabábamos de comprometernos en matrimonio cuando lo encontré en la cama con otra mujer... con su amante.

Parte de la tensión que había reflejado la cara de Luca pareció desaparecer, aunque sus cautivadores ojos azules seguían reflejando a su vez demasiada sospecha.

–¿Tu ex novio era un hombre rico? –preguntó.

–Era un exitoso corredor de Bolsa.

–Muchos hombres ricos tienen amantes. Tal vez no sea algo tan impactante como piensas, Katherine.

Ella se preguntó qué era exactamente lo que le estaba diciendo Luca. Pensó que tal vez le estaba dando a entender que él mismo también tenía una amante. Repentinamente no pudo soportar el sufrimiento que aquella posibilidad le causó. Se planteó que quizá debía recibir algún tipo de terapia para evitar elegir a aquel tipo de hombres. Entonces suspiró profundamente y se preguntó si la situación podría mejorar.

–Bueno, pues a mí me parece muy impactante –declaró acaloradamente–. Si no puedes confiar en la persona con la que pretendes pasar el resto de tu vida, entonces... ¿en quién puedes hacerlo? Hayden me mintió. Me hizo creer que era una clase de hombre muy distinta a la que en realidad era. ¡Yo jamás podría mantener una relación con alguien que necesitara tener a otra mujer a su lado! La idea me parece detestable... y lo sería para la mayoría de las mujeres normales, estoy segura.

–Ésa es tu opinión. Pero... ¿por qué te marchaste de mi cama a la mañana siguiente sin decirme que pretendías irte? Es algo que todavía no comprendo.

–Tenía miedo –contestó Kate, encogiéndose de hombros. Se le revolucionó el corazón y se sintió levemente mareada. Sintió náuseas y una necesidad imperiosa de ir al cuarto de baño más cercano.

–¿De qué? –quiso saber Luca.
–¿No puedes imaginártelo? ¡De volver a hacer el ridículo de nuevo con un hombre! Lo siento... ¡pero tengo que ir al cuarto de baño!

Dándose la vuelta apresuradamente, ella apenas fue consciente de la dirección que tomaron sus pies. Se sintió muy desorientada y le fue difícil centrarse.

–¿Katherine?

La preocupación que reflejó la voz de Luca le sorprendió. Pero estaba demasiado decidida a llegar al cuarto de baño más cercano antes de hacer el ridículo de una manera que no quería ni imaginarse. Abrió la puerta del despacho de Luca y salió a un pasillo enmoquetado. Sin vacilar ni un segundo, se dirigió al servicio de señoritas que había al final de éste.

Alarmado al haberse percatado de lo rápido que la cara de Katherine había palidecido, Luca se levantó de la silla de cuero de su escritorio y la siguió al servicio de señoritas. Abrió la puerta y, preocupado, oyó el sonido de unas arcadas que provenía de dentro de uno de los cubículos.

–¡Katherine! –la llamó, siguiendo la dirección del sonido–. ¿Estás enferma? ¿Qué te ocurre? ¡Dímelo!

–Por favor... –contestó una débil voz– simplemente déjame en paz. Estaré bien en un momento.

–¿Necesitas ayuda? Tenemos una doctora en el edificio. Voy a ir a buscarla...

–¡No! ¡Por favor, no lo hagas! Ya te lo he dicho; en unos minutos estaré bien. Simplemente permíteme que me recomponga.

Sin confiar en que aquello fuera lo más inteligente, Luca se percató de que no tenía otra opción más que darle a Katherine unos pocos minutos para que pudiera recuperarse de lo que fuera que la había puesto enferma y desear que no tuviera nada serio.

Regresó a su despacho de mala gana y estuvo dando vueltas por éste durante unos momentos. Se sintió muy intranquilo al no saber qué le ocurría a Kate. Mientras la esperaba, pensó en lo que ésta le había contado de su ex novio y en que lo había encontrado en la cama con otra mujer.

Su amigo Hassan había descrito a Katherine como una mujer inocente. Él estuvo de acuerdo en que aquélla era la impresión que la dulce cara y la delicada voz de ella tan cautivadoramente transmitían, pero al mismo tiempo sabía que era una mujer capaz de entregar la clase de pasión que provocaba que el corazón de un hombre latiera tan rápido que éste se olvidara hasta de su propio nombre cuando estaba en sus brazos.

Sintió como un vertiginoso e intenso calor se apoderaba de su cuerpo al recordar la noche que había compartido con Kate...

Se preguntó si lo que le había contado acerca de su ex novio y de la amante de éste sería verdad. Si era cierto y ella realmente había amado a aquel hombre, podía comprender el gran daño que le habría causado una traición de tal envergadura. Pero no conocía a Katherine suficientemente bien como para saber si estaba diciendo la verdad o no.

Todo lo que sabía era que su inesperada y repentina marcha antes de que él se hubiera despertado aquella mañana en Milán le había confundido y molestado, así como también había provocado que se cuestionara su propio juicio.

Si ella hubiera intentado ponerse en contacto con él poco después para disculparse o para explicarle qué había ocurrido, tal vez... sólo tal vez... la habría perdonado. Pero durante aquellos tres meses sólo había obtenido un sepulcral silencio por parte de Katherine y en aquel momento, en realidad, no conocía las intenciones de ésta.

Ella era la primera mujer desde hacía más de tres años, desde el fallecimiento de Sophia, que había captado su atención, pero el comportamiento que había tenido tras la noche que habían pasado juntos había sido más que lamentable.

Él había sentido una asombrosa conexión entre ambos y no sólo a nivel físico. Katherine tenía algo que le había hecho revivir unos sentimientos que había creído que estarían dormidos para siempre. Había estado durante mucho tiempo viviendo una vida casi insensible, pero entonces la había visto a ella al otro lado de aquella abarrotada sala y... ¡con sólo verla se le había revolucionado la sangre en las venas! No sabía cómo explicar algo tan misterioso. Tal vez la verdad era que en aquel momento había estado débil y vulnerable emocionalmente y que había fantaseado con que la conexión entre ambos era mucho más significativa de lo que en realidad había sido.

Subyacente a su pesimista especulación de los hechos, se encontraba en su deseo de ahondar más profundamente en su herida psique y descubrir la verdad. Aunque, en realidad, le aterrorizaba lo que pudiera encontrarse. Suspirando, se restregó la barbilla con una mano. Pero entonces decidió, casi enloquecido, que la sensación de afecto que podía embargar a un hombre tras haber hecho el amor satisfactoriamente

con una mujer ya no le era desconocida. Y se planteó
si, en realidad, todo lo que había ocurrido con Katherine había sido precisamente aquello... que había sentido afecto hacia ella.

La puerta se abrió tras él y Kate entró de nuevo en
su despacho. La cara de ésta, aunque seguía estando
pálida, no estaba tan alarmantemente blanca como lo
había estado cuando había salido de la sala.

Luca sintió como un sincero sentimiento de alivio
se apoderaba de su ser.

–Lo siento –se disculpó ella, acariciándose un brazo
como si tuviera frío–. Repentinamente no me encontré
muy bien. Ahora estoy mejor, pero sinceramente creo
que debo comer algo. Voy a bajar a la charcutería que
hay enfrente para comprarme un sándwich.

–¡No! Lo que deberías hacer ahora es sentarte y
descansar durante un rato. Pediré que suban algo de
comida a mi despacho.

–No tienes por qué hacer eso.

Con el teléfono ya en la mano, Luca le dirigió a
Katherine una dura mirada, mirada que normalmente
empleaba en sus reuniones de negocios cuando alguien se comportaba de manera particularmente perturbadora.

–¡Sí, sí que tengo que hacerlo! Está bastante claro
que necesitas comer algo y descansar, por lo que voy
a hacer lo que he dicho. *¿Capisce?*

Momentos después, Katherine pensó que la selec-
ción de refrescos y aperitivos que el gerente del catering había subido personalmente al despacho de Luca
era algo más adecuado para una importante visita que

para una asistente personal temporal. Habían colocado la comida en la bonita y brillante mesa que utilizaban para las reuniones.

Tanto Luca como ella se sentaron tímidamente a la mesa para comer. Tras darle varios pequeños bocados a un delicioso sándwich de jamón cocido y mostaza, Kate sintió como desaparecía la sensación de mareo que se había apoderado de su delicado estómago. Pero entonces se percató de que Luca no estaba comiendo en absoluto. Parecía que éste estaba mucho más ocupado mirándola fijamente.

Limpiándose delicadamente la comisura de los labios con la servilleta de lino que tenía delante, frunció el ceño.

–¿Qué ocurre? ¿No tienes hambre?

–En un momento comeré –contestó él, encogiéndose de hombros.

Como Luca tenía la corbata aflojada, involuntariamente ella pudo ver una línea de vello oscuro bajo la fuerte y bronceada garganta de éste. Sintió como en respuesta a aquel casi tentador detalle se le ponía la carne de gallina.

–Me alegra ver que lo angustiada que has estado antes no ha afectado a tu apetito –comentó él.

–Afortunadamente, soy una de esas personas que normalmente tienen un estómago muy fuerte –bromeó Kate–. ¡Me temo que no muchas cosas me hacen perder el apetito!

–No te disculpes por disfrutar de la comida –respondió Luca, esbozando una sincera sonrisa–. Es un cambio muy agradable ver a una mujer que no considera la comida como su enemigo.

La sonrisa que esbozó Kate fue más vacilante que

la de él... y tenía una buena razón para ello. Consciente de que había logrado evitar un desastre al continuar manteniendo a Luca en la ignorancia acerca de su verdadero estado a pesar de su inesperada necesidad de utilizar el cuarto de baño, se sintió temporalmente aliviada al no tener que explicar las cosas más detalladamente. Pero al mismo tiempo se sintió culpable de seguir ocultando algo tan importante. Por una parte deseaba decírselo en aquel mismo momento, deseaba confesarle la verdadera causa de su *angustia*... aunque no se sentía preparada ni lo bastante valiente como para hacerlo. Además, se preguntó a sí misma si era un error querer disfrutar de la preciosa sonrisa de Luca durante un poco más de tiempo antes de provocar su desdén.

Capítulo 4

A LAS SEIS menos cuarto de la tarde, Kate llamó a la puerta del despacho de Luca, la todavía inquietantemente abierta puerta entre los despachos de ambos, y se armó de valor para preguntarle si había pasado el día de prueba.

Pensó que, a juzgar por la manera en la que había marchado el trabajo, las cosas habían salido muy bien ya que no había habido ninguna complicación. Pero simplemente no podía saber cuál sería la decisión de Luca. Sin duda, éste todavía estaba superando la impresión que le había causado volver a verla y que ella quisiera formar parte de su plantilla. Tras el atento detalle que había tenido al suministrarle aquella deliciosa comida, él se había centrado en el trabajo y apenas le había hablado. Sólo lo había hecho cuando había sido estrictamente necesario, como, por ejemplo, cuando le había dado las gracias de manera distraída al llevarle ella un café.

—¡Pasa! —contestó Luca.

Impresionada al ver que él estaba poniéndose la elegante chaqueta que había estado en el respaldo de su silla, claramente preparándose para marcharse, sintió como se le aceleraba el pulso.

—¿Te vas a marchar? —le preguntó.

–¿No te parece que ya he trabajado bastante por hoy? –contestó Luca, esbozando una irónica sonrisa.

Kate se ruborizó.

–No he querido decir que no deberías marcharte –dijo con torpeza–. Sólo quería preguntarte si he pasado el periodo de prueba.

–¿El qué?

–Dijiste que ibas a ponerme a prueba durante un día... supongo que para comprobar si podía hacer bien el trabajo.

–Oh, eso –respondió él, encogiéndose de hombros de manera desdeñosa como si se hubiera olvidado de todo aquello. Entonces miró a Katherine con seriedad–. ¡Desde luego que debes quedarte! No es ideal, desde luego, pero ya es demasiado tarde para que manden a otra persona que trate de atar cabos. Además... necesito que actúes como mi anfitriona esta noche, en la fiesta que voy a celebrar en mi casa.

La tranquila afirmación de Luca, como si ya hubiera asumido que Kate accedería, la ofendió levemente.

Por muy extraño que fuera, ella quería mantener aquel trabajo, pero había estado deseando secretamente darse un baño de agua caliente que la ayudara a relajarse tras todas las sorpresas que le había deparado aquel día. Por no hablar de que quería tener tiempo para decidir cuándo y cómo iba a confesarle a su nuevo jefe el secreto que estaba guardando...

–¡No habías mencionado nada de eso antes!

–Hoy he tenido muchas cosas en la cabeza, Katherine, ¡sobre todo a ti!

Kate se preguntó si realmente él había estado pensando en ella y se planteó qué cosas se le habrían pasado por la cabeza exactamente. Si eran algo parecido a los contradictorios pensamientos y deseos que ella había soportado por él, no le extrañaba que hubiera estado ensimismado.

–¿Lo harás? –le preguntó Luca, frunciendo el ceño.

Ella pensó que si se negaba, correría el riesgo de perder tanto el trabajo como la oportunidad de revelarle sus noticias. Por lo que no lo pensó demasiado.

–Sí, lo haré. Pero... ¿no tienes a nadie más que pueda ayudarte?

–Normalmente Janine me habría ayudado, pero como ya sabes está de vacaciones y te estoy pagando a ti para que actúes como mi asistente personal en su lugar... ¿no es así?

Al detectar cierta irritación en la voz de él, Kate no quiso enojarle aún más. Pero, aunque se sentía muy agradecida ante la necesidad que él tenía de que su asistente personal actuara como su anfitriona ya que ello implicaba que no había ninguna mujer en aquel momento en su vida, sintió curiosidad por saber por qué aquel atractivo hombre permanecía soltero. Sintió una ridícula esperanza dentro de ella... esperanza que rápida y dolorosamente reprimió.

–Primero tendré que ir a mi casa para refrescarme y cambiarme de ropa. ¿A qué hora necesitas que esté allí?

–Mi chófer, Brian, te llevará a tu casa, esperará a que termines y después te llevará a la mía. Iré con vosotros al principio para que me deje en casa. Venga, vamos... el tiempo se nos está echando encima.

Tras decir aquello, y mirando a Kate con expectación, Luca le puso una mano en la espalda al acercarse a ella.

Entonces, desconcertantemente, como para recordarle a Katherine que realmente estaba jugando con fuego, ésta sintió como una pequeña corriente eléctrica le recorría el cuerpo debido a aquel contacto físico.

Finalmente, la fiesta que Luca había tenido que celebrar en su casa para Hassan, los socios de éste y algunos de sus propios colegas de negocios, junto con las esposas de éstos, no resultó ser tan tensa como su anfitrión había previsto. Al tener una muy apretada agenda laboral que frecuentemente incluía tener que llevarse planos a casa para estudiarlos y perfeccionarlos, desde hacía algún tiempo había necesitado unas vacaciones, pero había estado resistiéndose a ello. Y en aquel momento, al observar a Katherine moverse por su elegante salón, al observarla hablando con sus amigos, se percató de lo fácil que su nueva asistente personal le estaba poniendo las cosas aquella tarde.

Ella se había puesto un vestido de cóctel negro y su oscuro pelo caía sobre sus pálidos hombros. Estaba absolutamente deslumbrante. De hecho, estaba tan preciosa que pensó que incluso podría comérsela. Los socios de Hassan se habían acercado a ella constantemente una vez que él mismo había realizado las presentaciones oportunas.

Sabía que el estudio de arquitectos del árabe era uno de los más importantes del mundo y que a los empresarios les resultaría difícil encontrar otra empresa que pudiera alcanzar el impresionante nivel de innovación y dedicación al cliente que ofrecía el estudio de su amigo. Pero también sabía que tener a Katherine como su anfitriona durante aquella velada había influido mucho en que los empresarios allí reunidos hubieran decidido darle una comisión. Acababa de mantener una conversación con ellos en la cual habían acordado dicha comisión con un apretón de manos.

En aquel momento se encontraba a solas con Hassan. Notó que éste también estaba observando a la preciosa morena que estaba al otro lado del salón.

El árabe sonrió indulgentemente cuando ella echó la cabeza para atrás y se rió de algo que había dicho una de las esposas de los colegas de Luca.

–¿Te das cuenta de que esa hermosa mujer supone un activo muy importante? –comentó con un toque de envidia en la voz.

Luca recordó que la gente había acostumbrado a decir lo mismo de Sophia y que él se había sentido muy orgulloso al haber estado casado con una mujer tan bella. Al pensar aquello sintió como le daba un vuelco el estómago. Pero a su vez, recordó que al final la gente no había sido tan elogiosa... no cuando ella se había distanciado deliberadamente tanto de la compañía en sí como de él...

–Te confieso que no me había dado cuenta de que lo era tanto hasta este momento –contestó con sinceridad, mirando el champán de su copa con aire distraído–. Está claro que le resulta muy fácil hacer que todos se sientan como en casa.

–Si fuera tú... –comenzó a decir Hassan, bajando la voz con complicidad. A continuación se acercó aún más a su amigo– no permitiría que se me escapara.

Más tarde, aquella misma velada, cuando sus invitados ya se habían marchado y Luca estuvo a solas con Katherine, no pudo evitar recordar lo que le había dicho su amigo. Y no quiso despedirse de ella... sin importarle que Katherine no hubiera tenido tantas ganas de quedarse con él tras su último encuentro en Milán. Pensó que sería un mentiroso si no reconociera ante sí mismo que aquello todavía tenía el poder de dolerle. Pero en aquel momento, al observar como ella contenía un bostezo y le sonreía educadamente, se sintió extrañamente predispuesto a perdonarla...

—Esta noche has hecho un trabajo magnífico —dijo, sintiendo como le daba un vuelco el estómago al percibir la cautivadora fragancia del perfume de Kate. Entonces observó el seductor escote de su vestido y no trató de contener el poderoso deseo que le recorrió el cuerpo al ver aquella demasiado tentadora carne—. ¡Has sido la anfitriona perfecta!

—Gracias —respondió ella, apartando la mirada—. Pero no ha sido tan difícil... ¡tus invitados eran un encanto! Normalmente, este tipo de situaciones no me parecen fáciles en absoluto.

—¿Como la fiesta en Milán? —sugirió Luca con delicadeza, acercándose para tomar entre sus dedos un mechón de pelo de Katherine.

Sorprendida, ella respiró profundamente.

—Te confieso que aquella noche me sentí un poco como pez fuera del agua —admitió, ruborizándose.

—Parecías una niña pequeña perdida que necesitaba ser rescatada —concedió Luca—. Pero aquella noche yo me sentía igual de perdido.

—¿En tu propia fiesta?

—Así es. Pero entonces te vi... y de inmediato dejé de sentirme perdido.

Al ver la impresión que reflejaron los ojos de ella, él repentinamente se percató de lo que había dicho y del sentimiento de vulnerabilidad que su confesión había provocado en lo más profundo de su ser. Pensó que el champán estaba teniendo un peligroso efecto en su lengua. Se dijo a sí mismo que era mejor dejar que Katherine se marchara en aquel momento, antes de que él empeorara las cosas. Tal vez volviera a encontrar consuelo temporal en los brazos de ella pero, al día siguiente, ambos tenían que continuar trabajando juntos y si mantenían relaciones sexuales, por mucho que deseara hacerlo, sólo complicarían las cosas.

Fue consciente de que sería mucho mejor si planeaba sus tan necesitadas vacaciones antes que contemplar la posibilidad de tener una aventura con una mujer que ya le había demostrado que no era precisamente digna de confianza.

Soltó el sedoso mechón de pelo de ella y miró su reloj Rolex de forma abierta.

—Se está haciendo muy tarde y ambos tenemos que madrugar mañana. Brian está esperando en el coche para llevarte a casa.

Ignorando la confusión que reflejaron los ojos de Kate, la acompañó a la entrada de su mansión. La ayudó a ponerse sobre los hombros la capa de terciopelo azul que había llevado para abrigarse. Tuvo que hacer uso de toda su fuerza de voluntad para no posar las manos sobre aquellos preciosos hombros y darle la vuelta para que lo mirara... ya que tal vez no habría podido evitar besarla con tanta pasión como estaba deseando...

–Gracias otra vez por tu ayuda. Te veré en la oficina por la mañana. Descansa.

Ella lo miró brevemente a los ojos.

–Entonces... buenas noches –contestó. Pareció que había comprendido la silenciosa señal de Luca de que era mejor que se separaran.

Incluso al abrir la puerta principal para que Kate saliera, él estaba mentalmente en retirada. Observó sólo durante un momento como ella bajaba los peldaños de las escaleras de la vivienda para dirigirse al silencioso y brillante Rolls-Royce que la estaba esperando. Entonces cerró la puerta apresuradamente, como para evitar la tentación de seguirla y de admitir que, después de todo, estaba deseando que pasara la noche en su casa...

–¡Oh, Dios! ¡Otra vez no!

Kate estaba mecanografiando una carta al día siguiente por la mañana en su despacho cuando se sintió invadida de nuevo por una sensación de náusea. Un sudor húmedo y frío se apoderó de todo su cuerpo...

Tomó su bolso con desesperación y buscó las galletitas que había recordado llevar consigo aquel día. Justo cuando las había encontrado, Luca entró en la sala.

–Me gustaría que telefonearas por mí a este número de París. Es el despacho de un cliente mío y necesito...

Él dejó de hablar y frunció el ceño con preocupación al percatarse de la palidez que reflejaba la cara de Katherine.

Nerviosa, a ella se le habían caído las galletitas

con su envoltorio al suelo y, al tratar de tomarlas, las pisó con el tacón de su zapato. Antes incluso de examinar la evidencia, supo que estaban destrozadas.

En ese momento la sensación de náusea empeoró debido a la angustiosa desesperación que sintió. Se levantó de su escritorio y salió del despacho apresuradamente sin explicarle a Luca a dónde se dirigía.

–¡Katherine!

Ella oyó que él la llamaba y se percató de la frustración y del desconcierto que reflejó su voz.

–¿Estás enferma de nuevo? ¿Qué ocurre? *¡Dio!* ¿Por qué no me lo dices?

Cuando Kate se sintió lo suficientemente bien como para regresar a su despacho, descubrió que Luca estaba todavía allí. Éste estaba mirando por la ventana. La tensión se palpaba en sus anchos hombros. Al oírla llegar, se dio la vuelta. Tenía una expresión tan angustiosa reflejada en la cara que le impresionó mucho.

Parecía ser un hombre que acababa de despertar de un sueño... de un sueño particularmente triste.

Algo se alteró dentro de Kate ante la idea de que él estuviera sufriendo y casi se olvidó momentáneamente de la razón de su precipitada visita al cuarto de baño. Casi...

–¿Luca? ¿Estás bien? –le preguntó.

–¡Soy yo el que tengo que hacerte esa pregunta a ti! –contestó él con la impaciencia reflejada en la voz–. Obviamente algo no marcha bien cuando te pones tan blanca como el mármol y sales corriendo del despacho. ¿Qué te ocurre, Katherine? ¡No me ocultes nada! Simplemente dime la verdad.

Respirando profundamente, y apartando la silla de

detrás de su escritorio para sentarse, Kate suspiró y confesó su secreto.

–Estoy embarazada.

–¿Estás embarazada?

No fue una pregunta con lo que respondió Luca, sino simplemente con la afirmación de un hecho que parecía serle bastante distante. Ella sintió como un helador frío se apoderaba de su espalda.

Por alguna razón, la indiferencia de él le intimidó más que si Luca se hubiera enfadado mucho... que era, en realidad, lo que había estado esperando.

–¿El bebé es de tu ex novio? ¿Es eso lo que estás queriendo decirme?

La asunción de él la desconcertó.

–Rompí con Hayden tres meses antes de que tú y yo nos conociéramos, Luca... y sólo estoy embarazada de doce semanas. Así que... no, él no es el padre de mi bebé. Eso no es lo que estoy diciéndote en absoluto.

–Entonces... ¿estás tratando de decirme que yo soy el padre?

–Sí –respondió Kate, mirándolo fijamente a los ojos.

Luca respiró profundamente. Pero aunque sintió y oyó su propia manera de respirar, se sintió más como un observador. Una surrealista sensación se apoderó de él durante un momento, momento en el cual se sintió alejado de todo tipo de realidad.

Entonces, cuando comenzó a reaccionar, unos sentimientos que había enterrado hacía mucho tiempo intentaron romper el caparazón que los rodeaba.

La mujer que tenía delante lo miró con una sorprendente seriedad a pesar de la emoción que acababa de despertar en él y esperó a que hablara. Pero ella no sabía que Luca estaba teniendo serios problemas en aquel mismo momento simplemente al intentar hacerlo. Cuando finalmente contestó, lo hizo con la voz muy contenida.

–¿Y esperas que crea esta injuriosa alegación?
–Querías la verdad, querías que no te ocultara nada.

Luca comenzó a temer que Katherine estuviera tratando de engañarlo o, peor aún, que estuviera intentando chantajearlo para que se responsabilizara del hijo de otro hombre. La rabia se apoderó de sus sentidos.

–Sólo nos acostamos juntos en una ocasión, *cara mia*... ¿te acuerdas? ¡Y hace más de tres meses de aquello! ¿Cómo puedo saber cuántos hombres han pasado por tu cama desde entonces?

Repentinamente, ella pareció tan angustiada como si él le hubiera pegado. Pero en aquel momento Luca no tenía mucha compasión. Realmente quería saber la verdad. Aunque fuera doloroso. Se preguntó si aquella mujer a la que apenas conocía, pero que lo había cautivado bajo su hechizo, era capaz de ser sincera con él.

Pensó que ella no podía hacerse idea alguna de la confusión y, contra toda lógica, de la agridulce esperanza que aquella noticia había provocado en su interior debido a su propia dolorosa experiencia con aquella coyuntura.

En el momento en el que Katherine se había levantado y marchado apresuradamente del despacho, él había pensado inevitablemente en Sophia... había recordado la trágica manera en la que ésta había perdido la vida... Había sido consciente de que no iba a poder soportar si el destino también le arrebataba a Kate.

–Sea lo que sea lo que creas, ¡no soy alguien que se va acostando por ahí con muchos hombres! –exclamó ella–. Lo que ocurrió entre nosotros fue una excepción... ¡algo que sólo ocurre una vez en la vida! Quizá todavía estaba disgustada por lo que había ocurrido con mi ex, pero te juro que no me acosté contigo por despecho.

–¿Realmente crees que el niño que llevas en tu interior es mío?

–Estoy completamente segura. No es algo que fuera a inventarme. ¡No... no estoy buscando dinero ni nada de eso! Simplemente pensé que debía contártelo. Te juro que no tengo ningún otro tipo de intención.

–Pero, aun así, no te esforzaste mucho en tratar de ponerte en contacto conmigo para decirme que estabas embarazada, ¿verdad? Si creo lo que dices, apareciste en mi despacho por mera coincidencia, sin saber que era yo el que podía llegar a ser tu nuevo jefe. ¿Qué habría ocurrido si no hubieras podido optar a ser mi asistente personal? ¡Dime! ¿Cuándo ibas a haberme contado que estás esperando un hijo mío, Katherine? ¿Cuando naciera el niño? ¿O cuando tuviera cinco o diez años?

Luca no podía comprenderlo. No podía comprender que ella no hubiera tratado de ponerse en contacto con él cuando se había enterado de que estaba embarazada. Fueran cuales fueran las razones que había tenido para haberse comportado de una manera tan inaceptable y tardar tanto en ponerse en contacto con él, en aquella ocasión iba a asegurarse de no dejarla marchar. A pesar de la furia y frustración que sentía hacia ella en aquel momento, milagrosamente Katherine le había dado la noticia que había estado deseando oír desde hacía mucho tiempo y que había temido que nunca oiría.

¡Por fin iba a ser padre!

Kate, que se había sentado y estaba de nuevo bastante pálida, se llevó una mano al pecho como para tranquilizar el alocado ritmo de su corazón.

–¡Si hubiera podido, te lo habría dicho en cuanto lo descubrí! Pero la amiga con la que fui a tu fiesta se marchó a vivir a los Estados Unidos y no tenía ningún medio de hablar con ella. No podía recordar la dirección de tu mansión en Milán y, como no sabía que trabajabas en Londres, ni siquiera se me ocurrió tratar de encontrarte aquí. Te juro que le di mil vueltas a la cabeza tratando de pensar en la manera de poder ponerme en contacto contigo, Luca... ¡de verdad! Pero no era posible...

Tras explicar aquello, ella hizo una pausa debido a la emoción que sintió al recordar los duros momentos que había vivido.

–¿Puedes imaginarte la angustia que sentí cuando descubrí que estaba embarazada? –continuó–. ¡Fue una gran impresión! Todavía estaba tomándome la píldora, pero hubo un par de días en Milán que estuve tan disgustada por todo lo que había ocurrido que debí olvidarme de tomarla. Cuando me di cuenta de lo que había ocurrido, me quedé aturdida. Pero estoy decidida a quedarme con el bebé... ¡aunque tenga que criarlo sola! Incluso aunque hubiera logrado poder ponerme en contacto contigo, no habría esperado que fueras a ayudarme. Sentía cierto recelo de volver a verte ya que sólo habíamos pasado juntos una noche. Y cabía la posibilidad de que no me recordaras.

Conteniendo el aliento, Luca se mordió inadvertidamente el interior de la mejilla. Ignorando el dolor que sintió, silenciosamente ignoró la ridícula sugerencia de que podría haberse olvidado de ella. Después de la maravillosa noche que habían pasado juntos... ¡jamás podría hacerlo!

La noche anterior, al haber observado como Katherine se ganaba a todos sus invitados con su belleza y su encanto, había sabido que, a pesar de lo que había dicho cuando ella había aparecido en su despacho por primera vez, deseaba con ansia que la mágica noche que habían compartido en Milán se repitiera.

Pero por alguna razón, al sentir la necesidad de proteger su corazón tras haber confesado que aquella noche se había sentido perdido, no había estado preparado para permitir que las cosas fueran por aquel camino. Y, en aquel momento, se forzó en centrarse en la posibilidad que había mencionado ella... en que criaría sola a su hijo si no tenía su apoyo.

Pero aquello iba contra su sentido del honor y del deber, contradecía su idea de hacer lo correcto, por no mencionar que aquel bebé sería el único heredero de toda la fortuna de su familia, de todo lo que él poseía. Pensó que de ninguna manera Katherine iba a criar sola a aquel niño.

Se dijo a sí mismo que si Kate pensaba que él iba a echarse a un lado dócilmente después de todo el dolor y amarga decepción que había sentido antes de conocerla, así como tras la marcha de ella misma, tenía que desengañarla rápidamente.

—Insistiré, desde luego, en que se realice una prueba de paternidad una vez que nazca el niño, pero por ahora aceptaré que lo que dices es cierto. Y, por tu bien, rezo para que así sea, Katherine. Una vez dicho esto, hay algo que necesito que tengas muy claro.

Luca se acercó de nuevo a la enorme ventana del despacho.

—De ninguna manera vas a criar tú sola a mi futuro hijo. No lo harás sin mi ayuda —aclaró—. ¡Eso es algo impensable! De hecho, es una idea absurda —añadió, dándose la vuelta para mirarla.

Pudo observar como, indignada, ella se ruborizaba.

—Pues hay algo que tú también debes saber —declaró Kate, frunciendo el ceño—. No me parece mal que quieras compartir tu parte de responsabilidad en la crianza de este niño, de hecho... ¡me alivia oírlo! ¡Pero no voy a permitir que trates de controlarme! He cuidado yo sola de mí misma desde hace bastante tiempo y, si intentas manejarme, simplemente me marcharé de tu lado y jamás volverás a saber nada ni del bebé ni de mí.

Aquella amenaza enfureció tanto a Luca que, antes siquiera de que se percatara de lo que tenía en mente, se acercó a ella, la agarró por el brazo y la levantó bruscamente de la silla.

Impresionada, a Kate se le dilataron las pupilas. Ambos estaban respirando agitadamente, pero él se recuperó primero. Se preguntó cómo tenía ella el descaro de amenazarlo con marcharse de su lado cuando llevaba un hijo suyo en las entrañas.

La idea de que la cosa que más había deseado en el mundo, un niño, quizá le fuera a ser arrebatada antes de que el pequeño siquiera naciera, le hizo sentir como si le hubieran amenazado con una muerte lenta y dolorosa después de todo lo que había soportado. Con el brillo reflejado en los ojos, acercó la cara a la de ella... y, por primera vez, ver las bellas facciones de Katherine y percibir la sensual fragancia de su cuerpo no tuvo su habitual potente y cautivador efecto sobre su libido.

–¿Cómo te atreves? ¿Cómo te atreves a amenazarme de esa manera? Sólo por esta vez te perdonaré, porque claramente no sabes lo que dices pero, si vuelves a amenazarme con lo mismo, te llevaré por todos los juzgados del país si es necesario. Y, una vez que nazca el niño, sería yo el que tendría la plena custodia. No olvides lo que acabo de decirte, *cara mia*. ¡Estoy hablando en serio! Si continúas con esta actitud tan desagradable, pronto te arrepentirás de tu estupidez al intentar jugar conmigo.

Ella sintió como le dolía la parte del brazo que Luca la había agarrado. Incómoda, tuvo la sensación de que las piernas se le estaban derritiendo ante la furia que reflejaba la voz de él. No se había imaginado que Luca fuera a tomarse de aquella manera la noticia de su embrazado... no había esperado ni por un segundo que instantáneamente fuera a volverse posesivo ni que fuera a amenazarla con llevarla a los tribunales si se atrevía a sugerir que quizá iba a marcharse y criar ella sola a su hijo.

Sólo había dicho aquello porque él había adoptado una actitud tan dominante; se había sentido embargada por el miedo de que, finalmente, Luca no resultara ser el hombre que ella había deseado que fuera.

Suponiendo que el colosal error que había cometido con Hayden hubiera tenido mucho que ver con su miedo, se planteó si alguna vez podría sinceramente aceptar la posibilidad de tener una relación sentimental sana con un hombre...

Algo dentro de ella le decía que Luca era decente, incluso amable, pero se dijo a sí misma que ningún hombre llegaba a ser tan poderoso y exitoso sin tener cierto grado de crueldad. En aquel momento tenía que concentrarse en el hecho de que iba a tener un hijo con él... un hijo al que ya amaba con una pasión que apenas podía creer. Por esa razón, tenían que alcanzar cierto grado de comprensión mutua y respetar los deseos del otro en lo que se refería a las decisiones sobre la manera en la que criar al pequeñín.

–Por favor, suéltame el brazo –pidió, mirando a Luca a los ojos con una tranquila resolución reflejada en la mirada... aunque, en realidad, estaba a punto de llorar–. Me estás haciendo daño.

Él miró el brazo de ella como si se hubiera dado cuenta en aquel momento de que lo estaba agarrando con tanta fuerza. Entonces lo soltó. Sus ojos reflejaron algo oscuro e ilegible. Maldijo en italiano y se apartó de su lado.

Kate no supo si estaba enfadado con él mismo o con ella.

–No sabía que ibas a reaccionar de esta manera –dijo con la voz levemente temblorosa–. Hay muchos hombres que saldrían corriendo si se enteraran de que han dejado embarazada a una chica con la que sólo han pasado una noche. Por lo que yo sé, la noticia que te he dado podría haber sido la peor que hubieras recibido en la vida si hubieras estado manteniendo una relación sentimental con alguien.

–Bueno... –comenzó a decir Luca, esbozando una irónica mueca– afortunadamente para ti, Katherine, no mantengo ninguna relación sentimental con nadie en este momento. Y, aunque estuviera con alguien, seguiría aceptando mi parte de responsabilidad en la vida de este niño... si es mío. ¡Y querría ayudar a criarlo! No cometas el error de juzgar a todos los hombres basándote en el pobre ejemplo de tu ex novio.

Percatándose de que había hecho precisamente aquello, Kate mantuvo silencio.

–Has aplastado tus galletas –comentó Luca, frunciendo el ceño al observar el arrugado paquete que había en el suelo–. Permíteme que telefonee al catering para pedirles que te traigan algo de comer. ¡No quiero que te desmayes por falta de alimentos! Estás embarazada y tienes que cuidarte.

A ella le sorprendieron mucho aquellas palabras. Aquella última frase había parecido muy brusca... pero, al mismo tiempo, también muy delicada. Se dijo a sí misma que probablemente sólo estaba imaginándoselo, que las hormonas estaban provocando que se sintiera demasiado sensible.

–Por favor, no te molestes –respondió–. Ahora mismo no quiero comer nada.

–¿Estás segura?

–A mediodía comeré en condiciones.

–Bueno, en ese caso, creo que voy a salir un rato –anunció él–. ¿Estarás bien?

–¿A qué te refieres?

–Me refiero a que... ¿no te pondrás enferma de nuevo?

Kate se ruborizó.

–No. Estaré bien. Estoy segura. Las náuseas van y vienen, gracias a Dios no duran todo el día.
–Bien. Entonces, por favor, toma los mensajes que me lleguen y dile a quien quiera que me telefonee que le devolveré la llamada en cuanto pueda.
–Está bien.
Restregándose el brazo inconscientemente por la zona en la que Luca la había agarrado, ella levantó la mirada y vio que él estaba mirándola con una expresión cercana al desconsuelo reflejada en los ojos. Sintió como le daba un vuelco el corazón y deseó ir con él. Había infinidad de cosas que no conocía acerca de aquel hombre pero, aun así, la noche que habían pasado juntos, la noche en la que él le había hecho el amor, la conexión entre ambos había sido impresionante.

Se preguntó a sí misma si no cabía la posibilidad de volver a tener aquella misma conexión de nuevo. La noche anterior, cuando Luca había admitido que él también se había sentido perdido en la fiesta que había celebrado en Milán, ella había sentido como se le aceleraba el corazón al verse embargada por una repentina y alegre esperanza. Pero entonces, cuando Luca había sugerido que era hora de que ella se marchara a casa, aquella esperanza había sido truncada.

–Te veré después –comentó entonces él, apartando la mirada de Kate. Entonces se dirigió hacia la puerta y se marchó del despacho.

Con el fresco aire de marzo soplándole en la cara, Luca se dirigió andando hacia un parque cercano a sus oficinas. Estaba esbozando una dura mueca que habría asustado hasta a los hombres más valientes... siempre y cuando alguno hubiera sido tan insensato como para enfrentarse a él.

Pero había muchas cosas que le preocupaban.

Que Katherine hubiera aparecido en su despacho ya había sido bastante impresionante... ¡pero haberse enterado de que estaba embarazada había sido demasiado! Se preguntó a sí mismo si el bebé sería realmente suyo. Aminoró momentáneamente el acelerado ritmo al que estaba andando al sentir como el miedo y las dudas se apoderaban de su pecho. Deseaba fervientemente poder creerla, pero por otra parte no quería que se riera de él y no iba simplemente a aceptar lo que ella había dicho... aunque, en realidad, tendría que hacerlo hasta que se pudiera realizar la prueba de paternidad.

A pesar de la amenaza de ella de marcharse si él adoptaba una actitud demasiado dominante acerca del futuro del bebé, tenía que descubrir por sí mismo si había alguna posibilidad de que Kate estuviera tratando de chantajearlo de alguna manera. Él era un hombre extremadamente rico y existía suficiente información pública acerca de su vida y del ilustre estudio de arquitectos que había fundado como para que alguien atrevido o ingenioso aprovechara la mínima oportunidad para tratar de sacarle dinero de una manera u otra.

Se planteó la posibilidad de que, en realidad, Katherine no hubiera roto con su «despreciable» novio. Tal vez ambos habían planeado todo aquello una vez que ella se había acostado con él en Milán para así persuadirlo a que mantuviera económicamente a un niño que ni siquiera era suyo. Con sólo pensar en esa posibilidad se puso enfermo.

Apartando de mala gana aquel pensamiento de su cabeza, vio un banco a la sombra de un roble y se acercó a sentarse en él. Apoyó la cabeza en las manos y consideró la otra posibilidad que existía; que lo que le había dicho ella fuera verdad y que el bebé que estaba esperando fuera suyo.

Pensó que era muy irónico que aquello hubiera ocurrido tras haber pasado sólo una noche con una mujer cuando Sophia y él habían estado intentando tener un hijo durante tres largos años. Su difunta esposa había soportado muchas, en ocasiones incómodas y dolorosas pruebas a las que la habían sometido para tratar de descubrir por qué no podía concebir. Él mismo se había sometido voluntariamente a algunas pruebas de fertilidad. El resultado había sido que no había ninguna razón por la que no pudiera tener un hijo con otra mujer, pero por algún motivo los ovarios de Sophia no se habían desarrollado correctamente y no había posibilidad alguna de que se quedara embarazada.

Ella se había quedado destrozada al enterarse de la noticia. Luca había sugerido que adoptaran un niño, pero aquello no había logrado aliviar el dolor que Sophia había sentido al saber que no podría llevar un hijo en su vientre. Y pocas semanas después de que los doctores hubieran descubierto el problema... durante unos días que habían pasado de vacaciones con unos amigos en el yate de éstos... ella se había lanzado al agua y había muerto ahogada.

Él se preguntó si sus ansias de ser padre habían aumentado la angustia de su esposa al enterarse de que jamás podría darle un hijo. Había tratado de asegurarle que no importaba, que podían seguir teniendo una buena vida juntos, pero ella no había estado convencida y su matrimonio había comenzado a fracasar...

Negó con la cabeza para tratar de aliviar la profunda angustia que se había apoderado de su pecho y se levantó del banco. Comenzó a andar de nuevo y decidió que desde aquel momento en adelante iba a vigilar a Katherine como si fuera un halcón. Y si le daba la ligera impresión de que ésta estaba mintiéndole de alguna manera, iba a hacerle pagar caro el haberle engañado...

Capítulo 5

PREOCUPADA, Kate se preguntó a sí misma si Luca llegaría a creer que el bebé era suyo. Siempre había estado orgullosa de ser una persona muy sincera y odiaba la idea de que él pensara que quizá estaba mintiendo... aunque tenía que reconocer que era comprensible que Luca tal vez dudara. La verdad era que había pasado mucho tiempo desde que habían estado juntos en Milán... y quizá debía haberse esforzado más para intentar encontrarlo.

Reconoció que estaría mintiendo si decía que no había tenido miedo de decirle que estaba embarazada. Pensó que un hombre tan rico e influyente como Gianluca De Rossi, apenas estaría interesado en mantener una relación con una simple asistente personal como ella. Al haber visto la increíble mansión en la que éste vivía y al haber presenciado ella misma el opulento estilo de vida del que disfrutaba, era obvio que ambos eran polos opuestos en casi cada aspecto en el que podía pensar. Todavía le parecía un milagro que Luca se hubiera fijado en ella aquella noche en Milán ya que había habido muchas mujeres mucho más impresionantes que ella en las que fijarse. Mujeres vestidas para matar con modelos que probablemente costaban más del salario que ella ganaba en un año. Ninguna de aquellas elegantes mujeres había tenido la cortesía de hablarle. Al haber visto su sencillo vestido, seguramente habrían supuesto que no era nadie importante.

Pero tenía que reconocer que Luca no la había despreciado de aquella manera... lo que hacía que el hecho de que ella hubiera permitido que las dudas y el miedo de que él finalmente fuera a rechazarla cuando se despertara en su casa se apoderaran de su mente, fuera aún más triste.

Aquella fría, pero soleada mañana de diciembre en Milán, debía haberse sentido en la cima del mundo después del placer que Luca le había ofrecido pero, en vez de ello, había permitido que aquellos viejos y debilitantes sentimientos de inferioridad se apoderaran de ella. Sentimientos que se habían visto exacerbados debido al dolor por la muerte de su madre y por lo que había ocurrido con Hayden. Cuando había regresado al apartamento de su amiga para hacer las maletas antes de tomar su vuelo, había intentado desesperadamente convencerse a sí misma de que Luca no volvería a pensar en ella cuando se despertara y viera que se había marchado...

Cuando Luca regresó a la oficina, Katherine estaba muy ajetreada mecanografiando cartas. En un momento dado, la puerta del despacho exterior se abrió repentinamente y ella oyó como a continuación se cerraba. Se puso tensa al oír como él se acercaba al escritorio de su despacho, pero entonces oyó que entraba en su sala.

Percibió que Luca desprendía una fragancia a aire libre y observó que tenía su oscuro pelo alborotado.

–¿Hay algún mensaje para mí? –preguntó él.

Durante un momento, la intensidad de la mirada de Luca provocó que Kate entrara en trance. Se preguntó si su bebé heredaría el divino color de ojos de su padre.

–Sólo algunos... clientes que han devuelto la llamada, pero nada urgente –contestó, arrancando una hoja del bloc de notas en el que había escrito los datos. Entonces se la entregó a él.

Luca miró la hoja brevemente con una actitud casi desdeñosa.

–Como has dicho; no hay nada urgente –comentó.

Entonces arrugó la hoja y la tiró a la papelera.

–He estado andando por el parque –le dijo.

–Ah, muy bien.

–Y he pensado mucho.

Sintiendo la garganta inflamada debido a la tensión, ella no dijo nada.

–He tomado algunas decisiones importantes –añadió él.

Kate continuó en silencio, pero le dio la impresión de que su vida estaba a punto de cambiar de manera drástica.

Le dio un vuelco el corazón.

–He decidido que no puedes seguir trabajando ya que claramente no estás bien y necesitas descansar –dictaminó Luca–. Yo mismo necesito unas vacaciones desde hace algún tiempo. Por lo que te propongo que volvamos a Italia durante unas semanas. La atmósfera allí será mucho más propicia para descansar y, cuanto antes podamos marcharnos, mejor. Mañana sería perfecto.

Estupefacta, ella se quedó mirándolo. Le impresionó la manera en la que él había realizado aquella potencialmente polémica declaración con tanta calma. Lo había hecho como si le hubiera estado simplemente ordenando que aceptara sus planes sin importar las consecuencias que éstos pudieran tener para ella. Pero, aunque sabía que si hacía lo que había dicho él habría muchos obstáculos en el camino, al mismo tiempo sintió una gran alegría y emoción ante la idea de regresar a Italia con Luca.

–No es que yo no esté bien... –trató de razonar– es que estoy embarazada... ¡eso es todo!

Tras decir aquello, tuvo que reconocer que la primera etapa del embarazo le estaba costando mucho. Se percató de que le vendrían muy bien unas vacaciones... sin importar lo largas o cortas que fueran.

Pero, sin embargo, los asuntos pendientes que había entre Luca y ella impedían que pudiera sentirse muy animada ante la idea de compartir unas vacaciones con él.

–Sí, estás embarazada –concedió Luca con lo que parecía una intensa preocupación reflejada en los ojos–. ¡Y no creo que sea bueno para el bebé ni para ti que te sometas a la innecesaria presión de trabajar a jornada completa cuando, en realidad, no tienes que hacerlo!

–¿Crees que trabajo simplemente porque me parece divertido? –espetó Kate. Su arraigado sentido de independencia y autosuficiencia se apoderó de sus sentidos–. ¿De qué otra manera crees que puedo ganar dinero para mantenerme?

–De ahora en adelante, yo me ocuparé de eso. Si llevas a mi hijo en las entrañas, sería justo que como su padre yo cuidara de vosotros dos. Voy a telefonear a la agencia para explicarles lo que ocurre y después organizaré todo para conseguir dos billetes de avión para mañana con destino a Milán. Sugeriría que hoy nos marcháramos de la oficina a las cinco y que nos dirigiéramos a mi casa. Podemos cenar allí juntos, tras lo cual te llevaré a tu piso para que hagas las maletas para el viaje.

Kate, que nunca antes había tenido a nadie que le dijera que se iba a ocupar de las cosas y de ella, reconoció silenciosamente lo apetecible que le resultaba el plan de Luca. ¡Aunque al mismo tiempo le asustaba un poco! Se preguntó si podía confiar en que él mantendría su palabra cuando llegaran a Milán... en que no se arrepentiría. Pero se dijo a sí misma que Luca también estaba depositando mucha confianza en ella al sugerir que ambos viajaran juntos a Italia, por lo que decidió darle una oportunidad a su proposición.

—Está bien —respondió, cruzando las manos en su regazo. Se sintió invadida por un inusual sentimiento de calma. Fue como si, al aceptar la sugerencia de Luca, hubiera permitido que el destino tomara el control de las cosas, en vez de tratar de controlarlas ella y seguir luchando constantemente.

Reconoció que estaba muy cansada de luchar y de tener miedo.

Claramente sorprendido, él levantó una ceja.

—¿Estás de acuerdo? —le preguntó.

—Sí, lo estoy.

—¿Katherine? Son más de las cinco y tenemos que marcharnos.

Las exigencias del trabajo habían ayudado a que la tarde pasara muy rápidamente y afortunadamente Kate no había tenido mucho tiempo para reconsiderar su decisión de ir a Italia.

En aquel momento, Luca estaba detrás de ella. Había tomado su chaqueta y estaba sujetándola para poder ayudarla a ponérsela.

Kate introdujo los brazos por las mangas de la chaqueta. Se sintió tan nerviosa ante la cercanía de Luca que tuvo que intentarlo varias veces antes de lograr ponerse la prenda correctamente. Al darse la vuelta para darle las gracias, él la dejó completamente asombrada al tocarle la tripa.

—Todavía casi ni se te nota —comentó en un tono desconcertante.

Ella contuvo la respiración. Parecía haberse quedado muda. El leve roce de los dedos de Luca fue suficiente para acelerarle el corazón y para que un intenso calor le recorriera el cuerpo. La necesidad que sintió de que él volviera a besarla fue muy intensa, fue como si un poderoso mantra silencioso le recorriera la sangre.

Le rogó silenciosamente que la tocara...

—Supongo que dentro de muy poco comenzará a notárseme —respondió, encogiéndose de hombros. Deseó fervientemente que él no se hubiera dado cuenta del deseo que se había apoderado de sus sentidos.

Se preguntó qué tenía aquel hombre para alterarla tanto. La absorbente autoridad que ejercía sobre su voluntad era como una poderosa fuerza de la naturaleza con la que ella jamás había tenido que enfrentarse antes.

–Pareces un poco cansada –observó Luca, estudiando las facciones de Katherine con preocupación.

Al percatarse de las leves ojeras que tenía ella, se sintió invadido por el arrepentimiento al no haberse dado cuenta antes de lo fatigada que estaba. Si había albergado alguna duda acerca de su decisión de llevarla consigo a Italia para que descansara, cualquier tipo de indecisión quedó disipada.

Los embarazos pasaban factura a los cuerpos de las mujeres, las cuales, cuando se encontraban en ese estado, se sentían más cansadas y mucho más sensibles que de costumbre. Por lo tanto, aparte de comer bien y de evitar el estrés, el descanso era algo imprescindible para la futura madre. Aquello era algo que él mismo había leído en los muchos libros de medicina que había estudiado durante los años en los cuales había intentado desesperadamente tener un hijo con Sophia. Trágicamente, su esposa no había estado destinada a experimentar el embarazo, por lo que no había tenido ninguna oportunidad de prodigarle las atenciones y el cariño que le hubiera encantado entregarle si sus esperanzas se hubieran materializado.

–Vamos... tenemos que marcharnos ya.

Tras decir aquello, colocó la mano de manera solícita en la espalda de Katherine y la guió hacia su ascensor personal.

La calefacción que irradiaba del exquisito suelo de parqué calentó los pies de Kate, la cual no tenía puestos los zapatos, mientras se acercaba con un vaso de zumo de granada al otro lado de la sala. En el modernamente decorado salón de Luca había una impresionante colección de arte decorando las paredes.

Cuando la noche anterior ella había actuado como su anfitriona, apenas había tenido tiempo de fijarse en los cuadros ya que había tenido que prestarles toda su atención a los invitados de su nuevo jefe. Pero, en aquel momento, frunció el ceño al analizar un retrato que ocupaba un lugar de honor en la sala. Contuvo el aliento al percatarse de que aquel retrato no era una copia fidedigna... sino que era el auténtico. El artista era un pintor renacentista que ella había tenido que estudiar durante su último curso de Arte en el colegio. Había visto aquel cuadro en los libros, razón por la cual éste había captado su atención. Fue consciente de que el valor de aquella obra de arte debía ser incalculable.

Se sintió muy impresionada. Al haber también visitado la mansión que Luca tenía en Milán, sabía que el padre de su futuro hijo debía pertenecer a la elite de la gente extremadamente rica. Pero haber visto aquel retrato original colgado de la pared de su salón era algo casi surrealista.

–Ah... ya veo que estás disfrutando de mi pequeño museo de arte italiano.

Embelesada por aquellas obras de arte, Kate no había oído a Luca entrar en la sala ni se había percatado de que éste se había acercado a su lado.

Cuando habían llegado a la maravillosa mansión de Mayfair, él le había dado la tarde libre a su ama de llaves y le había ofrecido a Kate el zumo que ésta había pedido, tras lo cual se había dirigido a las bodegas para seleccionar una botella de vino que acompañara a la comida que les habían dejado preparada.

Pero, en aquel momento, ya había vuelto de las bodegas y había captado la atención de Katherine. Ésta se quedó momentáneamente muda al verlo.

Luca se había cambiado de ropa y se había puesto unos pantalones chinos y una amplia camisa blanca. Estaba descalzo. Pudo apreciar el arrebatador y masculino perfil de él, perfil que estaba en seria competición con la deslumbrante mujer del retrato. Invadida por la sensualidad, sintió como le daba un vuelco el estómago.

–Es imposible no hacerlo –respondió por fin, agarrando con fuerza el vaso que tenía en las manos como para aferrarse a algún tipo de realidad–. Estudié este cuadro en el colegio, así que lo conozco bien. Me gustó mucho aprender cosas acerca del artista y de la manera en la que trabajaba. Si las cosas hubieran sido distintas, me habría encantado estudiar la carrera de Arte, tal vez incluso trabajar en ello.

–¿Qué te lo impidió?

–Simplemente no pude permitirme pasar más tiempo estudiando. Me crió sólo mi madre y tuve que ponerme a trabajar para ayudar con la economía familiar.

–¡Qué pena! –comentó Luca–. Pero también es algo digno de elogio. Por el tono de tu voz, sé que claramente te apasiona el arte. Debió haber sido todo un sacrificio tener que renunciar a estudiar lo que querías.

–En realidad, no. He aprendido que la vida no siempre resulta ser como esperamos que sea... pero eso está bien. No considero que yo esté en desventaja en ningún aspecto. Pude ayudar a mi madre cuando me necesitó y eso es todo lo que importa. Si Dios quiere, en el futuro tendré otras oportunidades.

—No lo dudo.

—Este retrato... ¿no tienes miedo de que alguien entre en tu casa y lo robe?

—Me impresiona, Katherine, que te hayas percatado de que es el auténtico y no una copia —dijo él, sonriendo. Sus azules ojos brillaron como dos preciosos zafiros—. Pero no temas la posibilidad de que alguien entre para tratar de robarlo. Tengo instalado un excelente sistema de alarma que probablemente sea más seguro que el que protege las joyas de la Corona. Tengo expuesto el cuadro porque creo que el arte que es tan maravilloso debe verse, ¡no creo que deba estar escondido en algún sótano! De esta manera, mis amigos pueden disfrutar de su belleza al igual que yo.

—Me alegra que pienses así. ¡La mujer del retrato es completamente cautivadora! —comentó Kate, sintiendo una gran apreciación al darse la vuelta y observar a la sensual mujer morena del retrato.

—Tiene el cabello tan negro como una despejada noche de invierno, los ojos del color del chocolate más delicioso del mundo... y los labios... son unos labios hechos para amar. Es una combinación sensual y conmovedora que es bastante irresistible. Me recuerda a alguien que conozco —comentó Luca.

La voz de éste se había tornado cálida y ella sintió como todos sus sentidos afloraban. Fue como si aquellas palabras la hubieran acariciado físicamente.

—¿De verdad? —contestó, dando un sorbo a su zumo para aliviar su repentinamente reseca garganta.

—¿No sabes que estoy hablando de ti, Katherine? Eres tan encantadora como la bella *Margherita*.

—¡Estás burlándote de mí! —exclamó Kate, sintiendo como un vergonzoso acaloramiento se apoderaba de su cuerpo ante los elogios de Luca.

Hacía muchos años, cuando había visto por primera vez una copia de aquel cuadro, se había quedado cautivada por el retrato... y el hecho de que él hubiera sugerido que ella se parecía a la preciosa criatura allí pintada no era otra cosa que pura fantasía.

Pero el padre de su futuro hijo estaba mirándola como si estuviera sinceramente perplejo.

–No te he comparado con ella por palabrería, ¡y no estoy burlándome de ti! Todo lo que he dicho, lo he dicho en serio –insistió Luca.

Cínicamente, Kate pensó que desde luego que sí que lo había dicho en serio. Los hombres eran capaces de decir cualquier cosa para llevarse a una mujer a la cama. Algunos incluso estaban preparados para fingir estar enamorados con tal de conseguir lo que querían. Pero incluso en aquellas circunstancias, no les bastaba con tener sólo una mujer...

Consternada, recordó que a Luca no le había impresionado en absoluto cuando le había confiado que su ex novio había tenido una amante. Sintió una desesperada necesidad de saber si él tenía una. No sabía si estaba siendo una completa ingenua al esperar que no estuviera con otra mujer. Luca le había dicho que no tenía ningún compromiso pero, al haber experimentado personalmente lo apasionado que era, no le parecía que fuera un hombre que estuviera contento sin tener una mujer en la cama durante mucho tiempo. Se preguntó a sí misma cómo soportaría la potencial noticia de que Luca tenía una amante cuando la atracción que sentía por él había aumentado hasta convertirse en unas incesantes ansias que apenas podía controlar.

En unos cuantos meses iba a dar a luz al hijo de ambos. Se planteó si estaba destinada a estar siempre en la periferia de la vida de un hombre y no en el centro de ésta, que era lo que realmente deseaba...

–¿Katherine?

–Hablemos de otra cosa, ¿te parece bien? –respondió, encogiéndose de hombros. Sintió la repentina necesidad de tener un respiro de todo aquello.

Entonces se acercó al otro lado del salón. Se sentó en uno de los lujosos sofás de cuero que había junto a una preciosa alfombra persa que contenía todos los sensuales y exóticos colores de un bazar de Marrakech.

–Dime qué te preocupa.

A Kate no debía haberle sorprendido que Luca se hubiera percatado de su desasosiego, pero por alguna razón lo hizo. Había tenido poca experiencia con los hombres, pero la que había tenido le había enseñado que éstos no estaban muy interesados en asuntos personales. Pero, según parecía, Luca era distinto.

Observó como él se sentaba en el sofá que había enfrente de ella. Lo hizo con una elegancia que le impresionó mucho. Pero no estaba de humor como para dejarse distraer tan fácilmente. Había aceptado viajar con Luca a Italia, pero que compartieran unas vacaciones no era garantía de un futuro juntos y repentinamente se sintió bastante desolada ante aquello. Sabía por experiencia personal lo dura que podía ser la infancia de un pequeño que sólo tuviera a uno de sus padres, razón por la cual sus sueños de tener un hijo siempre habían incluido un padre permanentemente en escena.

Colocó su vaso de zumo a medio terminar en la elegante mesa de café que tenía al lado y miró a Luca fijamente.

–Necesito saber qué ocurrirá una vez que haya tenido el bebé. Has dicho que quieres ayudar a criar a nuestro hijo y tengo que saber a qué acuerdos vamos a llegar si ése es el caso. ¡No puedo pasarme los próximos seis meses en el limbo!

–Estoy de acuerdo. Y si el bebé es mío, yo también quiero que lleguemos a algunos acuerdos.

En aquel momento, Kate sintió como si una gran y pesada piedra se apoderara de su estómago al percatarse de que él todavía no creía que el bebé que estaba esperando fuera suyo. Se sintió muy triste. Se preguntó cómo iba a poder soportar esperar hasta que se realizara una prueba de paternidad para demostrarle que estaba diciendo la verdad. Junto a aquella frustración, también sintió un cada vez más profundo enfado ante el hecho de que no la creyera.

–No sé lo que puedo decirte para convencerte de que lo que estoy diciéndote es cierto. ¡Pareces decidido a demostrar que soy una mentirosa! –no pudo evitar espetar ya que se sintió invadida por la desesperación y la tensión que había sufrido durante los anteriores meses, meses durante los cuales no había parado de reprocharse a sí misma el no haberle dejado a Luca aquella mañana en Milán una dirección o un teléfono donde pudiera encontrarla.

Cuando vio que él se levantó y que se acercaba a ella, realmente no supo qué esperar. Repentinamente se quedó mirando fijamente los innegablemente sexys pies del padre de su futuro hijo. Sintió como los ojos se le llenaban de lágrimas.

Tomando las manos de ella entre las suyas, Luca la incitó silenciosamente a levantarse.

–No quiero angustiarte aún más de lo que ya estás, pero la confianza hay que ganársela, *cara mia*, y quizá un hombre como yo tiene mucho más que perder de lo que crees.

–Fuiste tú el que insistió en que querías mantener a este bebé cuando te dije que estaba embarazada. ¡No creas que quiero mantener ningún tipo de relación sentimental contigo ni nada de eso! ¡Después de lo que me ocurrió, es lo último que necesito!

–Dejando a un lado el tema del bebé y el hecho de que no quieres mantener una relación sentimental... –dijo él con voz ronca, apartando unos sedosos mechones de pelo que tenía ella en la mejilla. A continuación le secó las lágrimas– ¿qué ocurre con esta irresistible fuerza que se empeña en juntarnos? ¿Qué quieres hacer al respecto, Katherine? ¿Quieres ignorarlo?

Capítulo 6

KATE se preguntó cómo iba a ser capaz de ignorar su propia apasionada naturaleza. Siempre había percibido que la tenía, siempre la había sentido acechando bajo la prisión que suponían la ropa y la conformidad, pero desde aquella noche que había pasado con Luca en Milán, aquellas profundas ansias se habían hecho muy intensas, tanto que había temido no poder ignorarlas durante más tiempo.

Y, cuando él estaba a su lado, no tenía ninguna paz.

Por lo que cuando Luca le preguntó si pretendía ignorar la irresistible fuerza que había entre ambos, supo sin lugar a dudas que tenía que responder con sinceridad.

–No –susurró, poniéndole una mano en la mejilla–. No voy a ignorarla... creo que eso sería... casi imposible.

Unos cálidos y fuertes dedos acariciaron los frágiles huesos de su muñeca y, de manera autoritaria, le colocaron el brazo en el costado. Emitiendo un sonido casi salvaje que pareció provenir de lo más profundo de su alma, Luca selló sus labios con un apasionado beso que le dejó muy impresionada.

Sin ninguna fineza ni ternura, la hizo tambalearse

debido a su casi implacable exigencia. Pero aquello no evitó que Kate respondiera con la misma necesidad y hambrienta pasión. La llama que había estado brillando levemente dentro de ella, repentinamente estalló en unas potentes llamaradas... en un abrasador fuego que habría sido capaz de calcinar cualquier cosa que se hubiera interpuesto en su camino.

Abrazó estrechamente al padre de su futuro hijo por el cuello para así hacer más intensa la erótica consumación de sus labios y lenguas, de sus profundos suspiros y gemidos. Sintió como si un ardiente líquido se apoderaba del centro de su feminidad y le temblaron todos los músculos debido a la devoradora necesidad que la había cautivado.

Las febriles manos de Luca estaban acariciándole todo el cuerpo a través de la superflua y no deseada barrera de su ropa. Kate sintió como aumentaba la impaciencia y la pasión de él junto con las suyas propias... hasta que el acalorado y espontáneo ritmo de éstas les impulsó a que se dejaran llevar por su potente y salvaje fuerza...

De alguna manera, él logró quitarle el vestido y ella a él la camisa. La intensa lujuria que se había apoderado de su cuerpo, provocó que Kate perdiera el equilibrio y que cayera en el suave sofá en el que había estado sentada.

Luca la abrazó por la cintura al caer junto a ella y le hizo cosquillas en la cara con su pelo. La presión de su fuerte y musculoso cuerpo contra la delicada figura de Katherine, provocó que ésta sintiera ganas de llorar y que se percatara de que el ansia que ninguna cosa podía calmar salvo él aumentaba en intensidad...

—Te deseo tanto —juró Luca con la boca pegada a su mejilla—. ¡Te deseo demasiado! —añadió. A continuación comenzó a decirle una letanía de cariñosas expresiones en italiano mientras le bajaba las medias y las braguitas por sus temblorosas piernas.

Consumida por la intensidad de las sensaciones que la estaban embargando, así como por la incitante fragancia que desprendía el cuerpo de él, Kate introdujo los dedos por su pelo para, a continuación, bajar las manos y acariciarle los pómulos. Tomó su cara entre las manos y aceptó sus besos con un abierto entusiasmo. Con su propia apasionada lengua, incitó a que la besara aún más intensamente. No dejó de emitir susurros de placer.

Entonces Luca le quitó el sujetador. Le besó y le chupó los pechos. Éstos estaban tan sensibles que ella sintió como un leve dolor le recorría el cuerpo al mordisqueárselos él. Como para liberar la sensibilidad de Kate, Luca comenzó a acariciarle la húmeda yema del centro de su feminidad. Ella separó sus delicados muslos y sintió como todo su cuerpo se ponía tenso durante unos segundos al verse embargado por una electrizante sensación ante la atrevida caricia de él.

Casi insoportablemente excitada y movida por la salvaje pasión que había aflorado en ella irresistiblemente la primera vez que había estado con Luca, Kate le acarició el pecho y disfrutó de la impresionante musculatura que se dejaba ver bajo el sedoso vello negro que cubría aquel hermoso torso.

Pero él no le permitió que continuara explorando su cuerpo y le bajó las manos a la cremallera de sus pantalones chinos...

En unos segundos, la dura, erecta y, al mismo tiempo, sedosa erección de Luca estuvo dentro de ella. Presionó con fuerza en su humedad calidez...

Disfrutando del apasionado e intenso placer de aquel acto, Kate sintió como su corazón se llenaba de esperanza... y estuvo enormemente agradecida ante el hecho de poder estar de nuevo con él de aquella manera.

Incluso antes de que el poderoso cuerpo de Luca la hubiera poseído, sus sentidos habían estado deseando ser saciados. Parecía que el embarazo había aumentado su sensibilidad en lo que a él se refería... hasta el punto de que incluso la sola fragancia del perfume de él podía prácticamente deshacerla.

Y en aquel momento, mientras Luca le hacía el amor, mientras poseía su cuerpo y su alma para siempre con su poderoso reclamo, alcanzó el alivio, un alivio rápido e intenso, un alivio que le hizo temblar y estremecerse al verse abrumada por unas poderosas sensaciones que le robaron el aliento. Gimiendo, tuvo que jadear para recuperarse. Se agarró a los poderosos hombros de su amante y besó la suave piel que cubría aquellos tensos músculos. A continuación, cerró los ojos con fuerza, como para grabar en su memoria para siempre aquellos casi demasiado vulnerables e íntimos momentos para siempre.

Luca había estado comportándose de manera impaciente con Kate durante todo el día. Y su impaciencia se había debido al hecho de que ella todavía había estado vestida... cuando lo único que él había querido había sido quitarle la ropa... Había querido arrancarle cada ligera barrera, barrera que había parecido ser una pared fortificada que le había impedido ver la encantadora perfección de su cuerpo y tocarla como deseaba...

Pero en aquel momento estaba donde quería estar y las sensaciones que se habían apoderado de él eran muy intensas. Sintió como si un dulce diluvio de verano cayera sobre su desnudo, hambriento y extremadamente excitado cuerpo en un imparable aguacero. Junto al poderoso alivio físico del orgasmo, también había sentido como la desolación que había contenido desde hacía mucho tiempo se apoderaba de él, desolación que había experimentado debido al fallecimiento de su esposa. Repentinamente, aquellos intensos sentimientos afloraron y, por muy increíble que pareciera, tuvo que contener las lágrimas.

No había llorado desde que había sido un niño pequeño... ni siquiera lo había hecho en el entierro de Sophia. En vez de ello, lo que había hecho había sido apartarse del mundo durante un tiempo. El aislamiento y la soledad se habían convertido en sus compañeros tras la ausencia de su esposa. Sus padres también habían fallecido, por lo que no había habido nadie que hubiera podido consolarle. Había tardado bastante tiempo en ser capaz de volver a conectar con la gente. Se había refugiado en el trabajo y éste había supuesto su único consuelo.

Se preguntó si estaba mal desear tanto a aquella hermosa mujer, mujer que juraba que estaba embarazada de su hijo, cuando sus caricias eran tan esenciales para él como respirar. Se planteó si debía sentirse aún más culpable de lo que ya se sentía ante el hecho de que su difunta esposa no hubiera sido capaz de concebir el hijo que ambos habían deseado tanto. No supo si tenía que seguir pagando por lo ocurrido...

La boca de Katherine estaba sobre su hombro y los delicados besos que le estaba dando le dejaron claro que era en ella, y no en su pasado, en quien debía concentrarse. Se sintió embargado por un intenso sentimiento de alivio, alivio que disipó su melancolía y que le aportó una frágil, pero a la vez tangible, sensación de paz.

Examinando la cara de Kate al echarse ésta para atrás para mirarlo, se percató de que tenía los labios hinchados debido a los apasionados besos que habían compartido. Sus oscuros ojos brillaban como la luz de las estrellas. En ese momento se dio cuenta de que la belleza de su amante superaba a la de la encantadora *signorina* del retrato.

–*Come sei bella* –dijo, arrastrando las palabras. A continuación esbozó una seductora sonrisa–. ¡Mírate! ¡Eres encantadora!

Tras decir aquello, bajó la vista y miró el vientre de ella, el cual sólo mostraba una apenas apreciable curva. Puso la mano sobre éste, maravillado al pensar que la semilla de un niño, si Dios quería de su hijo, estaba floreciendo dentro.

Un nuevo y más alarmante pensamiento se apoderó de él; se preguntó qué efectos podría tener en el feto el hecho de que le hubiera hecho el amor a Katherine de una manera tan apasionada. No supo si, sin darse cuenta, le habría causado algún daño potencial al futuro bebé...

–¿Qué ocurre?

Luca no había logrado esconder su preocupación lo suficientemente rápido ante la atenta mirada de su amante, la cual le acarició el brazo como para consolarlo antes siquiera de que le contestara.

–¿Te he hecho daño... o al niño?

–¿Perdona? –respondió ella, frunciendo levemente el ceño. Pero a continuación esbozó una sonrisa que fue como el amanecer–. ¡Desde luego que no! Todo está bien, Luca. No hay ningún problema con hacer el amor cuando la mujer está embarazada... y yo ya estoy de más de tres meses, por lo que no hay nada de lo que preocuparse.

–¿Estás segura? –insistió él, todavía sintiéndose culpable.

–Por supuesto que lo estoy.

Por fin Luca se relajó. Al ver la dulce cara de Kate y percibir su irresistible fragancia, fragancia que parecía haber impregnado su propia piel, comenzó a excitarse de nuevo.

Justo antes de bajar la cabeza para robarle otro hambriento beso, miró de manera inquisitiva los enternecedores ojos de ella.

–¿Tienes hambre? –le preguntó, sonriendo.

Vergonzosa, Katherine apartó la mirada.

–¡Me refiero de comida! –aclaró él, riéndose. Le divirtió mucho la comprensible mala interpretación de Kate–. Te dije que te invitaría a comer y Luisa, mi ama de llaves, ha preparado auténtica pasta italiana en tu honor.

–¿Podemos esperar un poco más para comer?

–Sí... claro. Sólo tengo que calentar la pasta en el horno, así que podemos comer cuando queramos. ¿Qué quieres hacer mientras tanto, umm? –provocó Luca.

Mirándolo fijamente a los ojos, Katherine suspiró.

–Corrígeme si me equivoco... ¿pero no estabas a punto de besarme de nuevo...? –susurró.

Los labios de él sellaron los suyos antes incluso de que hubiera terminado de hablar.

Más tarde aquel mismo día, al aparcar el chófer de Luca el Rolls-Royce de éste frente al antiguo edificio en el cual se encontraba el piso de Kate, ésta se giró hacia el padre de su futuro hijo y frunció el ceño.

–¿A qué hora dijiste que tenemos que salir mañana?

–Nuestro vuelo sale a las dos y media, por lo que diría que a la una... a la una y media como muy tarde –contestó Luca–. ¿Por qué?

–Mira, voy a tardar un rato en hacer las maletas con todo lo que necesito. ¿Por qué no quedamos mejor por la mañana en vez de tener que volver a ir a tu casa esta noche? Así no tendrás que esperarme y yo no me sentiré bajo presión de tener que darme prisa.

–¡Lo último que quiero que hagas es que te des prisa! ¡El motivo de que nos marchemos a Milán es precisamente para que no te sientas bajo presión de ningún tipo y que sólo descanses, Katherine! Si es necesario, puedo acordar que nuestro vuelo salga más tarde. Viajamos en mi avión privado, por lo que no hay ningún problema.

–¿Tu... tu avión pri... privado? –preguntó ella, tartamudeando.

–¡Desde luego! –contestó él con total normalidad, como si hubiera sugerido que viajaran en tren.

En aquel momento, la mente de Kate se sintió invadida por varios pensamientos. Lo primero que pensó fue que sería una completa estúpida si creyera que la breve estancia de la que iban a disfrutar en Italia iba a convertirse en algo más que unas cortas vacaciones. Un hombre tan increíblemente rico y poderoso como Luca no querría tener que cargar con una pequeña y ordinaria don nadie por mucho tiempo... estaba segura de ello. Aunque fuera a darle un hijo. Cuando él regresara a su tierra, a su país, cuando estuviera de nuevo en su fabulosa mansión, rápidamente se percataría de que ella no encajaba en su elitista estilo de vida. Se daría cuenta de que era una persona normal y corriente... ¡y no una estilosa mujer rica!

Tras las horas que habían pasado juntos en casa de Luca, horas que habían estado cargadas de sensualidad, se sintió fría y baja de ánimos... como un globo que acababa de explotar. Se forzó en sonreír e intentó disimular lo confundida que estaba.

—Bueno, te telefonearé por la mañana... cuando esté preparada. ¿Te parece bien?

—Me parece perfecto, *mi bella* —respondió él, acercándose a ella. Le tomó la cara con las manos y acercó la boca a la suya—. ¿Prometes que no vas a fallarme, Katherine?

—¿Qué quieres decir? —quiso saber ella. Aunque había estado toda la tarde recibiendo las maravillosas caricias de Luca, deseaba experimentar aquello de nuevo.

—Si no vienes conmigo esta noche, no huirás sin decirme dónde vas, ¿verdad?

A Kate no debía haberle sorprendido que él todavía recordara lo que había ocurrido en Milán pero, al tomarla desprevenida, sí que lo hizo. Se quedó sorprendida y muy satisfecha ya que parecía que a Luca le importaba ella...

–No, no voy a huir. Te lo prometo.

–Bien –dijo él, dándole un cálido beso en los labios.

Kate sintió como unos escalofríos de un incontenible placer le recorrían el cuerpo.

Cuando Luca finalmente se forzó en apartarse de ella, sonrió con arrepentimiento.

–Ahora, entra en tu casa y descansa un poco. De nuevo pareces cansada.

–¡Sólo estoy cansada porque se ha hecho mucho más tarde de lo que esperaba! –se apresuró en asegurar Katherine.

No pudo evitar ruborizarse al recordar las muy sensuales maneras en las que Luca y ella se habían mantenido ocupados durante toda la tarde. Todavía le vibraba el cuerpo debido a las seductoras atenciones que le había prestado su amante y el recuerdo de éstas probablemente la mantendría despierta durante lo que restaba de noche... ¡estaba segura de ello!

–Sí... así ha sido –respondió él, mirándola con sus sexys ojos azules. Éstos tenían reflejada una abierta sinceridad.

Aquella sinceridad desarmó a Kate, la cual sintió como se le endurecían los pezones de manera casi dolorosa.

–Será mejor que entre ya en casa –comentó, girándose para abrir la puerta del acompañante. Pero, sorprendida, se dio la vuelta para mirar a Luca al sentir que él le había agarrado la muñeca para sujetarla durante un momento.

–Tendrás que hacer las maletas por la mañana.

¿Estás segura de que no quieres que me quede contigo para ayudarte?

Por muy apetecible que fuera aquella invitación, en aquel momento ella necesitaba espacio para pensar. Habían pasado muchas cosas desde que había vuelto a ver a Luca y las repercusiones de todo ello estaban provocando que se sintiera levemente turbada. Además, realmente no quería tener la perturbadora presencia de él a su alrededor ya que tenía que elegir qué ropa llevar consigo para el viaje. Pensó que en el mundo en el que Luca se movía, mundo en el que las mujeres acudían a los diseñadores de moda para comprarse la ropa, la realidad de su armario sin duda sería muy impactante para él, así como también decepcionante.

De nuevo pensó que, cuando regresaran a Milán, las comparaciones entre el extraordinario y lujoso estilo de vida del que él disfrutaba y la sencilla manera en la que ella vivía, inevitablemente comenzarían a hacerse más evidentes según pasaran los días. Una vez que Luca estuviera de vuelta en el reino de sus igualmente ricos amigos, las diferencias entre ambos comenzarían a hacerse demasiado pronunciadas. Se preguntó a sí misma si en ese momento él no se arrepentiría de haberla llevado consigo.

–Si no te importa, me gustaría hacer las maletas yo sola –contestó, encogiéndose de hombros–. Pero gracias por ofrecerte a ayudarme.

–Entonces... ¡que duermas bien, Katherine! –le deseó Luca, echándose para atrás en el lujoso y suave asiento de cuero de su vehículo.

Ella pensó que él tenía un aspecto impresionante. Era muy atractivo. Comparado con otros simples mortales, éstos parecerían extremadamente insulsos.

–Por la mañana... –continuó Luca– tómate el tiempo que necesites para prepararte. Y después telefonéame, ¿está bien? Vendré a buscarte.
–Así lo haré. Buenas noches.
Él le lanzó un beso y provocó que las piernas se le derritieran...

Luca, que se había despertado mucho antes de que amaneciera, había estado dando vueltas por su dormitorio, por el salón y por la cocina. Había estado intentando controlar la frustración que se había apoderado de su cuerpo ante el hecho de que Katherine no se hubiera quedado a dormir con él.

Había pensado que al hacerle el amor de nuevo iba a haberse quedado satisfecho. Pero no había sido así. Todo lo que había ocurrido había sido que le había recordado lo que había estado echando de menos y anhelando durante todos aquellos meses sin ella. En aquel momento, en vez de sentirse fresco y como nuevo, se sentía malhumorado e impaciente... y el hecho de que quizá Katherine no fuera a telefonearle, no le ayudaba a sentirse mejor. Se planteó que tal vez en el último minuto ella fuera a decidir no acompañarlo a Milán.

No comprendió por qué había permitido con tanta facilidad que durmiera sola en su casa. Pensó que debía haber insistido en pasar la noche en su compañía y, a la mañana siguiente, esperar a que hiciera las maletas.

Al pensar en el hijo que iba a tener y en lo que otro nuevo abandono supondría para él, maldijo en voz baja.

Se percató de que no estaba actuando como un hombre que no estuviera seguro de que el bebé que estaba esperando su amante fuera suyo. Todo lo contrario... se estaba comportando como si no hubiera duda alguna de que era el padre del hijo de Katherine.

Recordó la manera tan apasionada e inhibida en la que ella le había respondido cuando habían hecho el amor y no tuvo duda alguna. Algo profundamente intuitivo, un sexto sentido muy intenso, finalmente le convenció de que Kate estaba diciendo la verdad.

Se dijo a sí mismo que era normal que se sintiera tan posesivo acerca del niño y que se pusiera tan furioso al pensar que ella fuera a apartarlo de él. Pero, además, estaba aquella... aquella adicción que había desarrollado por Katherine. No podía explicarla ni deseaba sentirla. Aunque concluyó que, de hecho, probablemente era algo bueno que por lo menos fueran compatibles en eso. Haría que las cosas fueran mucho más simples cuando le explicara a ella la idea que se había ido formando en su cabeza durante las primeras horas de la madrugada, cuando no había sido capaz de dormir.

Varias horas después, cuando colgó el teléfono tras haber hablado con su estudio de arquitectura, miró con aire taciturno a su chófer, Brian, mientras éste sacaba su equipaje para colocarlo en el maletero del Rolls-Royce. Comprobó de nuevo la hora en su reloj de muñeca y explotó debido a lo impaciente que se sentía.

–¡*Dio!* ¿A qué cree que está jugando?

Lo que le había puesto aún más nervioso de lo que ya había estado, había sido el hecho de que había telefoneado a Katherine en tres ocasiones sin obtener respuesta alguna. Pero no permitió que las negativas asunciones que le estaban acechando se apoderaran de su mente y decidió ponerse en acción.

A punto de seguir a Brian al coche para indicarle que le llevara al piso de Kate, oyó que el teléfono que había en la mesita de la entrada sonaba. Con el corazón revolucionado, se apresuró en responder.

—¡De Rossi! —espetó.

—¿Luca?

—¡Katherine! ¿Por qué no me has telefoneado? ¿Dónde has estado? ¡He estado llamándote durante toda la mañana!

—Estoy en el hospital —contestó ella con la voz levemente temblorosa.

—¿En el hospital? ¿Qué ocurre? ¿Qué ha pasado? —exigió saber él, sintiendo como la sangre se le congelaba en las venas. Agarró el teléfono con fuerza.

—Te lo diré cuando regrese a casa —respondió Kate—. Me está esperando un taxi para llevarme a mi piso. Te veré allí.

—¡Katherine!

En ese momento ella colgó el teléfono, antes incluso de que Luca pudiera decir ni una palabra más.

Capítulo 7

EN CUANTO Kate vio el ya para ella familiar Rolls-Royce de Luca aparcado fuera del bloque de pisos donde vivía, con el chófer uniformado sentado en el asiento del conductor, sintió como si todas sus extremidades se derritieran. No pudo evitar comenzar a andar más despacio y, ansiosa, miró a Luca. Éste llevaba un abrigo negro de cachemira y estaba esperando impaciente en los peldaños que había frente a la puerta de su piso.

En cuanto la vio aparecer, la tensión que ella había percibido que él sentía, comenzó a envolverla. Respirando profundamente para lograr obtener coraje, y sintiéndose levemente mareada, se forzó en continuar andando.

—¡Hola! —le saludó, tocando distraídamente las llaves que tenía en el bolsillo. Repentinamente se estremeció al sentir como una ráfaga del frío aire de marzo le alborotaba el pelo alrededor de la cara—. Siento si te he preocupado al no estar en casa para contestar tus llamadas.

Luca se acercó a Kate y se colocó delante de ella. Sus ojos reflejaban un miedo y una aprensión tan intensas que durante un momento la dejó profundamente desconcertada.

—¿Por qué has ido al hospital, Katherine? —exigió

saber, agarrándola posesivamente por los brazos–. ¡He estado volviéndome loco desde que me lo has dicho!

–Entremos en mi piso, ¿te parece? No es algo de lo que quiera hablar aquí fuera bajo la lluvia –contestó ella, mirando al cielo.

Estaba comenzando a llover y esbozó una leve sonrisa.

Soltándola de mala gana, Luca la acompañó a la entrada de su vivienda. Una vez que estuvieron dentro del vestíbulo, Kate se quitó la bufanda rosa que llevaba al cuello y la dejó en el perchero que había junto a la puerta. A continuación se quitó su ya empapado chubasquero.

–¿Quieres darme tu abrigo? –le preguntó a él.

Observó que el envidiable tono moreno de la piel de Luca parecía menos vibrante aquella mañana.

–¡Deberías haberme telefoneado! –espetó él de manera acusatoria, ignorando completamente la mano que había tendido ella para que le diera el abrigo–. Dijiste que estabas en el hospital. ¿Qué ocurre? ¿Es el bebé?

–¿Por qué no nos sentamos? –sugirió Kate, tratando de estar lo más calmada posible. Pero, aun así, sintió como le daba vueltas el estómago.

Entonces guió a Luca hasta el cómodo salón que ella misma había decorado con mucho cariño durante los cinco años que llevaba viviendo en aquel piso. Al acercarse al sofá, que estaba tapizado en un color beige claro, y que tenía unos coloridos cojines adornándolo, sintió como casi se le salía el corazón por la boca al oír el autoritario tono de voz de él detrás de ella. No le quedó ninguna duda de que Luca estaba a punto de perder los nervios.

–¡*Dio!* ¿Por qué no me explicas qué es lo que ocurre? ¿Tengo que quedarme aquí de pie sin saber nada durante toda la mañana hasta que te decidas a contármelo?

Colocándose un mechón de pelo detrás de la oreja, Kate trató de contener el enorme bochorno que sintió. Una cosa era confesarle a Luca que estaba embarazada... pero discutir los detalles íntimos de aquel estado era algo muy distinto... sobre todo cuando él se había quedado allí de pie con un aspecto tan increíblemente arrebatador...

–Esta mañana he sufrido una leve hemorragia vaginal que me ha preocupado. Telefoneé a mi ginecólogo, el cual me dijo que fuera directamente al hospital para que me revisaran.

La tensión que habían reflejado las enigmáticas facciones de Luca aumentó considerablemente. Ella se sintió conmovida, a la vez que sorprendida, ante el hecho de que parecía que él realmente se preocupaba mucho... por lo menos por el bebé.

–Allí me dijeron que no tengo que alarmarme. Aparentemente es muy común que durante las primeras doce y catorce semanas se sangre un poco. Aun así, me han hecho una ecografía como medida de precaución.

–¿Y qué ha mostrado la ecografía? –exigió saber Luca.

–Que todo está bien y que el bebé está creciendo con total normalidad en el útero. La ecografía puede mostrar si, por ejemplo, una mujer tiene un embarazo extrauterino... que es cuando el bebé crece fuera del útero.

–¿Estás sangrando todavía?

–No –contestó Kate, esbozando una tímida sonrisa–. Estoy completamente bien.

Aquella tranquila respuesta ocultaba el pánico que se había apoderado de ella aquella mañana cuando había ido al cuarto de baño y había descubierto que estaba sangrando. Hasta que no había pensado en la idea de que posiblemente podía perder a su bebé, no se había percatado de lo mucho que quería a su futuro hijo. Si su relación sentimental con Luca estaba destinada a no perdurar, por lo menos le quedaría el regalo más grande de su apasionada unión, regalo que siempre le recordaría a él.

Pensó que también tendría a alguien a quien amar y valorar. La ecografía le había mostrado las primeras imágenes de su bebé y ella se había quedado cautivada y extasiada al verlas. Por no mencionar lo mucho que se había emocionado. Había deseado telefonear a Luca desde el hospital para pedirle que se acercara hasta allí, pero como no había sabido cuál sería la reacción de éste, había decidido no hacerlo y pedirle que simplemente se encontraran en su casa.

–¿No te duele nada ni estás incómoda?

–No.

–¡No debimos haber hecho el amor anoche!

Al percatarse de que la mueca que esbozó Luca reflejaba un gran arrepentimiento, Kate se quedó muy impresionada.

–¿Perdona?

–Tal vez me comporté de una manera demasiado apasionada.

–¡Lo que ha ocurrido no ha tenido nada que ver con el hecho de que hiciéramos el amor! –se apresuró en tranquilizarle ella. Pero de inmediato comprendió que no iba a convencerlo fácilmente... y se sintió profundamente conmovida.

Cuando él levantó la barbilla, la miró fijamente a los ojos.

–¿Y qué te han recomendado hacer los médicos del hospital ahora que esto ha ocurrido? ¿Les explicaste que estamos a punto de viajar a Milán?

–Sí, lo hice.

–¿Y?

–Me dijeron que no hay ningún problema y que debo seguir mi vida con normalidad, de verdad. Simplemente tengo que asegurarme de no esforzarme demasiado y de mantener el estrés físico y mental al mínimo, así como de comer adecuadamente y de descansar lo más que pueda.

–¡Ahora estoy seguro de que tomé la decisión correcta cuando decidí llevarte a Milán!

Kate se quedó maravillada ante el hipnotizador océano azul celeste que la estaba mirando con una indiscutible autoridad e intensidad.

–¡Cuanto antes nos alejemos de aquí, mejor! –continuó él–. No puedo garantizar el tiempo que hará en Milán en esta época del año, pero lo que sí que puedo asegurarte es que, cuando estemos allí, tendrás la oportunidad de descansar y relajarte como es debido. ¡Yo me aseguraré de ello! No hay duda de que has sufrido mucho más estrés del que te imaginas, Katherine.

Acercándose al otro lado del salón, Luca observó por la ventana la ya intensa lluvia que estaba cayendo.

A ella le pareció ver como se estremecía.

–Quizá...

—¡No hay ningún quizá! —espetó él, negando con la cabeza. Estaba muy consternado.

Cuando se giró para mirarla, la expresión de su cara reflejó una gran determinación.

—¡Me siento muy aliviado de haber logrado que dejaras de trabajar! Sólo espero que el estrés que sufriste no haya tenido un efecto perjudicial en el bebé. Personalmente no quiero arriesgarme a que tal vez algo más marche mal, así que, cuando lleguemos a Milán, voy a concertar una cita para que veas a un maravilloso ginecólogo que trabaja en la ciudad y así asegurarnos de que todo marcha como debe ser con tu embarazo. Según lo veo yo, tiene perfectamente sentido pedir una segunda opinión. ¡De esa manera podrás quedarte tranquila!

—Hablas como si finalmente creyeras que el bebé es tuyo —no pudo evitar decir Kate.

Luca, que dominaba su repentinamente inadecuado salón con su impresionante presencia y fascinante imagen, se mantuvo firme y la miró fijamente.

—Lo creo.

—¿Qué... qué te ha hecho cambiar de opinión?

—Anoche —contestó él, encogiendo tensamente aquellos impresionantes anchos hombros que tenía... como si su breve comentario no necesitara más explicaciones.

Esperanzada, a ella se le alteró la sangre en las venas. Repentinamente se percató de que la idea de viajar a Milán con Luca no era tan desalentadora y, tras el susto que se había llevado aquella mañana, le apetecía cada vez más disfrutar de unas vacaciones.

Así mismo, pensó que sería también una oportunidad maravillosa para que él llegara a conocerla y para que ella lo conociera a él. Tal vez si pasaban juntos bastante tiempo, Luca llegaría a convencerse de que ella era una mujer en la que podía confiar, de que era una mujer que cuidaba y protegía con uñas y dientes a la gente que amaba, gente a la que jamás traicionaría.

Siempre había soñado con tener una familia propia y todo lo que necesitaba era una oportunidad.

—¿Vamos a continuar con los planes de viajar hoy a Italia? —preguntó.

Luca miró la hora en su reloj de muñeca y asintió con la cabeza.

—Telefoneé al aeródromo justo antes de venir aquí; han logrado darnos un par de horas más de plazo para el despegue. ¿Has hecho ya las maletas?

—Comencé a hacerlas ayer por la noche, pero debido a lo que ha ocurrido esta mañana todavía tengo que empaquetar algunas cosas.

—Entonces... ¿por qué no vas a terminar de hacerlo ahora? En cuanto tengas todo preparado, nos dirigiremos al aeródromo.

Sintiéndose repentinamente cansada, así como también aliviada ante el hecho de que fueran a seguir adelante con el viaje, Kate asintió con la cabeza.

—Está bien —concedió—. Siéntate y ponte cómodo mientras me esperas.

—¿Necesitas ayuda? No quiero que te esfuerces demasiado.

—Estaré bien.

—¿Por qué me da la impresión de que llevas mucho tiempo diciendo eso mismo... tal vez demasiado tiempo?

Sonriendo tensamente, ella se giró para salir del salón antes de permitir que las lágrimas que estaban inundándole los ojos cayeran por sus mejillas. Se había llevado un susto muy grande y sólo fue en aquel momento cuando comenzó a darse cuenta de la importancia de lo que había ocurrido.

–¿Katherine?

Durante un intenso momento, al acercarse Luca a ella, Kate pensó que iba a besarla. La idea de que él la abrazara y fuera cariñoso con ella le pareció divina. Se percató de que había estado ansiando justo aquello desde el momento en el que lo había visto esperándola en la puerta de su piso.

–Dime –contestó, secándose con la palma de la mano una lágrima que finalmente no había podido evitar derramar.

–Estamos haciendo lo correcto... me refiero a ir a Milán. No quiero que te preocupes por nada. Todo estará bien, pequeña.

Tras decir aquello, como tratando de controlar el impulso de estar cerca de ella por razones que sólo él conocía, Luca simplemente le acarició delicadamente la mejilla en vez de abrazarla y Kate no pudo negar que se sintió extremadamente decepcionada.

–Será mejor que me ponga en marcha y termine de hacer las maletas –comentó, moviéndose con determinación. A continuación se apresuró en cerrar la puerta tras ella.

Durante el vuelo a un aeródromo privado cercano a Milán, Luca apenas fue capaz de quitarle los ojos de encima a Katherine. Ésta había estado dormida durante la mayor parte del trayecto, pero aquello apenas había logrado tranquilizarlo. Desde que se había enterado del susto que se había llevado ella aquella misma mañana, no había parado de darle vuelcos el estómago, unos vuelcos que cada vez eran más intensos y que le habían hecho sentirse invadido por un profundo terror ante la idea de que Kate pudiera perder el bebé.

Se preguntó a sí mismo si el destino podría llegar a ser tan cruel como para permitirle tener esperanzas de tener un hijo... y después arrancarle cruelmente esas mismas esperanzas del alma.

Asimismo se planteó el efecto que perder el bebé podría tener en Katherine. Estaba seguro de que los intentos de ella de convencerlo de que todo estaba bien escondían un sincero miedo de que no fuera de aquella manera. Naturalmente quería consolarla, pero aquella fuerza que en ocasiones se apoderaba de ambos no tenía límites y, después del susto de aquella mañana, suponía que debían tener cuidado. Aquélla era la razón por la cual no se había dejado llevar por su instinto de abrazarla cuando Katherine había regresado del hospital. Sentía un miedo muy profundo de que su deseo de estar con ella fuera a consumirle y abrumarle de nuevo.

Suspiró y negó con la cabeza. Pensó que, en ocasiones, aquella fascinante mujer parecía tener mucha fuerza, pero que, en otras, reflejaba una cierta fragilidad que le recordaba que también era muy vulnerable.

Pensó que, para Katherine, haber descubierto que estaba embarazada de un hombre con el cual sólo había pasado una apasionada noche en un país extranjero, un hombre del que no sabía nada, debía haberle hecho sentir extremadamente vulnerable y llena de miedo... sobre todo tras la historia que le había contado de su infiel ex novio.

Él mismo había tenido que luchar contra los sentimientos de enfado y celos que se habían apoderado de su mente al pensar que ella había podido estar con otro hombre tras la noche que pasaron juntos en Milán. Pero en aquel momento se sentía embargado por otro tipo de sensaciones completamente distintas... aunque decidió no analizarlas demasiado debido a su tumultuoso pasado.

Sin duda, todavía sentía la necesidad de protegerse a sí mismo. Pero lo que cada vez tenía más claro era que Katherine se había convertido en su responsabilidad y que tenía el deber de cuidarla. ¡Su futuro hijo exigía que así fuera! Por lo que no sólo iba a insistir en que ella se quedara a vivir con él mientras estaban en Milán, sino que también pretendía que se casaran y convertir a Kate en la próxima señora De Rossi. ¡Tanto si ella quería como si no!

Capítulo 8

LUCA había dejado a Kate sola para que deshiciera las maletas en el lujoso dormitorio en el que hacía meses le había hecho el amor por primera vez. Ella se sintió invadida por los recuerdos de aquella noche y por unos sentimientos que no sabía cómo controlar. Eran unos sentimientos eróticos, pero tiernos al mismo tiempo.

Habían concebido a su futuro hijo en aquella preciosa y enorme cama de matrimonio, cama que tenía un lujoso cubrecama y unos bonitos cojines de seda.

Contuvo la respiración al acariciar aquellas fascinantes telas y respiró profundamente. Tenía una cosa clara y era que se sentía muy aliviada al descubrir que iban a compartir la misma cama.

Había estado preocupada desde el susto que se había llevado por la mañana ya que le había parecido que Luca se había distanciado de ella un poco. Le había dado la sensación de que casi tenía miedo de tocarla. Aunque, al mismo tiempo, no había dejado de analizarla con la mirada, como si tuviera miedo de que repentinamente fuera a ponerse enferma o... peor aún... de que fuera a perder el bebé.

Deseó que le confiara sus miedos ya que, si lo hiciera, tal vez ella podría disiparlos. Pero, si hablaban, podrían tener un acercamiento emocional y le dio la impresión de que Luca todavía tenía levantada una barrera en lo que a sus sentimientos se refería.

Se preguntó qué le habría ocurrido para que fuera tan precavido. Se planteó que tal vez había habido alguna mujer en su pasado que lo había abandonado o que le había tratado mal. Pero si compartían la misma cama, quizá aquella intimidad le daría a ella la oportunidad de derribar alguno de los muros que Luca parecía haber construido para proteger su corazón. Sonrió irónicamente para sí misma ya que le sorprendió mucho pensar en aquellas cosas.

Como consecuencia de lo que le había ocurrido con su ex novio no hacía mucho tiempo, había jurado que no volvería a creer en ningún hombre. Pero el saber que iba a tener un hijo con Luca y estar con él de nuevo, estaba cambiando poco a poco todas sus decisiones anteriores.

Centrándose en el presente, pensó en lo extraño que era estar de nuevo en aquella magnífica casa... sobre todo en aquella habitación. El lugar le era familiar, aunque al mismo tiempo le parecía como el decorado de una película. Sintió como le daba un vuelco el corazón y un intenso anhelo de estar con Luca se apoderó de ella. Emitió un pequeño grito ahogado y se acarició la tripa, como para asegurarle tanto al bebé como a ella misma que todo marcharía bien y que, de alguna manera, encontrarían la manera de seguir adelante.

Si era lo bastante valiente como para acercarse a Luca y dejar de sentirse tan insegura, tal vez éste se atreviera a abrirle su corazón de la manera que ella deseaba que hiciera.

Estaba segura de que él debía necesitar amor de la

misma manera que lo necesitaba ella. Si algo que había ocurrido en el pasado de éste le había afectado emocionalmente, quería saberlo. En varias ocasiones había visto reflejado en sus ojos un inquietante y perturbador dolor que le había hecho desear abrazarse a él y no soltarlo nunca. En aquellos momentos se habría olvidado de sus inseguridades y de sus miedos a ser rechazada para poder consolarlo.

Se abrazó a sí misma y observó las magníficas obras de arte que había en las paredes, así como los preciosos muebles que realzaban la bonita elegancia italiana del dormitorio. No pudo evitar percatarse de que la riqueza y poder de Luca hacían de la vida de éste una experiencia completamente distinta a la suya. Tal diferencia hacía florecer en ella un viejo sentimiento de inseguridad, de sentir que no era lo suficientemente buena. Pero no podía permitir que aquellos sentimientos sabotearan la esperanza que había comenzado a albergar en su corazón de que Luca y ella pudieran tener juntos un futuro.

Se enderezó y apartó de su mente aquella inquietud. Se dijo a sí misma que si él no quisiera estar con ella, no la habría llevado consigo a Milán.

—¡*Buongiorno, signorina* Richardson!

Una sonriente y rellenita mujer canosa, que llevaba un delantal blanco encima de un vestido gris marengo, se acercó a Kate al llegar ésta al final de las escaleras. La mujer le tendió la mano para saludarla.

—Soy Orsetta Leoni... el ama de llaves del *signor* De Rossi. Llevo trabajando para su familia desde hace mucho tiempo y como ya han fallecido todos los demás... ¡ahora sólo cuido de él! Encantada de conocerla, *signorina* Richardson.

La sonrisa de aquella mujer era encantadora y cuando Kate le estrechó la mano, reconoció para sí misma que era muy agradable que la recibieran de una manera tan cálida. Pero estaba preocupada ya que había esperado durante bastante tiempo que Luca regresara al dormitorio y había comenzado a plantearse que tal vez éste se había olvidado de que ella estaba allí. Aunque la habitación era realmente bonita, había querido salir al patio para respirar el sorprendentemente perfumado aire de la tarde italiano.

–*Buongiorno* –contestó, sonriendo a su vez–. Yo también estoy encantada de conocerte. Me estaba preguntando si podrías decirme donde encontrar al *signor* De Rossi.

–¡Sí! ¡Desde luego! Sígame, *signorina* Richardson. La llevaré con él.

Al llegar a las ventanas francesas que separaban el salón del gran y perfumado patio, donde estaban comenzando a florecer las camelias blancas y rosas, Orsetta se llevó las manos a las caderas y comenzó a quejarse.

–¡Trabaja demasiado! ¡Siempre se lo estoy diciendo! –comentó–. ¡Su *mamma* se estará revolviendo en la tumba al ver que no se cuida mejor!

Sorprendida, Kate vio que Luca estaba tumbado en un sofá que había en el patio... completamente dormido. Observó que se había quitado la chaqueta, pero que todavía llevaba puesto el mismo traje que había utilizado para viajar. Se había desatado la corbata, tenía el cuello de la camisa abierto y su oscuro pelo le caía sobre la frente.

Pensó que parecía un exquisito equivalente masculino de *La Bella Durmiente*.

Lo que había dicho Orsetta acerca de que él no se cuidaba como era debido le había llegado al corazón, por lo que se giró hacia la mujer y asintió con la cabeza.

–Tienes razón; sí que trabaja demasiado –concedió.

–Vaya a sentarse, *signorina*. Le traeré algo suave para beber. ¿Tal vez un zumo de fruta?

–Eso sería estupendo... *grazie* –contestó Kate. Entonces se sentó en otro de los sillones que había en el patio y, a continuación, miró los preciosos jardines y los tejados de la ciudad que se veían en la distancia.

Emitió un placentero suspiro al sentir como el sol le bañaba la cara. Pensó que tal vez Luca no había sido capaz de garantizar un buen tiempo constante en aquella época del año, pero las temperaturas eran mucho más cálidas de lo que ella había esperado.

Se levantó y se quitó la ligera chaqueta rosa de algodón que había combinado con un vestido azul marino de punto. La colocó en el respaldo del sillón. En ese momento, Luca se movió y murmuró algo mientras dormía.

Una vez más, se quedó fascinada por él.

Incapaz de controlarse, se acercó para poder apreciar con más claridad la extraordinaria belleza que poseía Gianluca De Rossi. Era increíblemente guapo y tenía unas facciones esculpidas muy bonitas. Estaba segura de que debía haber vuelto locas a todas las chicas incluso cuando había sido un niño.

Pero, repentinamente, algo perturbó el aparentemente tranquilo descanso de Luca. Éste esbozó una mueca, como si le doliera algo, y echó la cabeza hacia un lado. El sudor comenzó a humedecerle la frente.

Alarmada, Kate se arrodilló junto al sofá en el que estaba tumbado él. Le tomó la mano para calmarlo.

–Está bien... todo está bien –le tranquilizó en voz baja–. Estoy aquí, Luca.

–¡Sophia! –gritó él, agarrando la mano de Kate con lo que pareció ser toda su impresionante fuerza.

Ella contuvo la respiración al sentir como un intenso dolor le recorría el brazo, pero no intentó apartar la mano. Le dio la impresión de que despertarlo de repente tal vez sería peligroso. Pero se preguntó quién sería Sophia...

Con el corazón revolucionado, observó como una lágrima le caía a él por debajo de sus abundantes pestañas y le recorría despacio la mejilla.

En ese momento, Luca abrió los ojos y ni el cielo en sus momentos más cautivadores había tenido jamás un azul más celestial.

–Estabas soñando –dijo ella a duras penas debido al nudo que se le había formado en la garganta.

Cuando él había gritado, había sentido como si el corazón se le hubiera partido por la mitad.

Luca la miró primero a la cara y después bajó la vista hasta su mano, mano que todavía tenía sujeta. Parpadeó y su cara reflejó una aturdida expresión, la misma expresión que reflejaban las personas que intentaban desesperadamente despertar de la agonía de un mal sueño.

–¿De verdad?

–Luca, ¿crees que podrías... soltarme la mano, por favor? –pidió Kate–. Estás haciéndome daño.

—No me había dado cuenta –contestó él, soltándole la mano con brusquedad. A continuación decidió cambiar de posición y se sentó. Se restregó las mejillas con los dedos y borró todo rastro de aquella impactante lágrima.

Como para eliminar cualquier recuerdo del perturbador sueño que había tenido, se presionó la frente.

—Perdóname, no sabía lo que estaba haciendo. ¿Estás bien?

—Sí.

A ella no le importaba el dolor de su mano ni de su brazo. Lo único que le preocupaba en aquel momento era saber por qué Luca había gritado de aquella manera y qué había provocado que, increíblemente, las lágrimas le hubieran inundado los ojos.

—Gritaste mientras dormías.

—Temía que fuera a ocurrir.

—Dijiste el nombre de una mujer... Sophia. ¿Quién es ella, Luca?

Él se llevó una mano al pecho y se restregó éste por encima de la delicada tela de su camisa como para intentar aliviar un espasmo. Entonces respiró profundamente.

—Era mi esposa –contestó.

—¿Tu esposa?

Kate se quedó tan impresionada que no sabía cómo había sido siquiera capaz de emitir palabra alguna.

—Sí...

—No... no sabía que habías estado casado... ¿Qué ocurrió? ¿Estáis divorciados?

—No. Ella murió... ahogada.

¿Ahogada? Una profunda impresión, junto con una sensación de horror, se apoderó de Katherine. Al

descubrir la razón por la que los ojos de Luca reflejaban un profundo dolor, se sintió invadida por una desesperada necesidad de consolarlo y abrazarlo. En aquel instante no le importó que hubiera estado casado, ni siquiera le molestó el hecho de que tal vez su esposa había sido el amor de su vida. Todo lo que le importaba era que se había percatado de que estaba profunda e irrevocablemente enamorada de aquel hombre. Había comenzado a tener la esperanza de que, con la llegada de su bebé, podría ayudarle a comprender que el futuro que les esperaba tenía mucho mejor aspecto que sus pasados.

–¡Qué horrible! Oh, Luca, lo siento tanto.

Entonces le tomó la mano de nuevo y la estrechó con fuerza. Durante unos segundos, él simplemente se quedó mirando las manos unidas de ambos.

Repentinamente, fue Luca el que tomó el control de la situación. Levantó el brazo de Kate más cerca de su cara para poder analizar el enrojecimiento que tenía alrededor de la muñeca, enrojecimiento que le llegaba hasta casi el codo.

–Te he hecho daño –observó con el arrepentimiento reflejado en la voz.

–Pero no tenías ninguna intención de hacerlo –respondió ella, que sintió como si tuviera el corazón rebosante de amor y necesitara gritar a los cuatro vientos que amaba a aquel hombre.

Pero se preguntó cómo reaccionaría él ante una noticia como aquélla. Su corazón estaba todavía lleno de amargura debido al fallecimiento de su esposa.

–¿Hace cuánto murió Sophia? –se forzó en preguntar.

Despacio, él bajó el brazo de Kate.

—Hace poco más de tres años.

—¿Es ésa la razón por la que parece que dedicas toda tu energía al trabajo y por la que no te has tomado vacaciones cuando las has necesitado? ¿Es porque comportarte así te ayuda a no pensar demasiado en lo que ocurrió?

—Quizá.

—Debió ser una época horrible para ti.

—Algunos acontecimientos son indescriptibles. Te preguntas cómo sobrevives a ellos... cómo puedes seguir respirando... pero lo haces.

—¿Cómo... cómo ocurrió?

Tras preguntar aquello, Kate se dio cuenta del cambio en Luca antes incluso de que éste contestara a su pregunta... comprendió la profunda renuncia y la necesidad de autoprotección que le llevaban a ser precavido y a no querer hablar de un episodio tan doloroso de su vida, aunque ella estuviera deseando que le contara todo.

—Ahora no, Katherine —respondió él, esbozando una mueca—. Hace una tarde demasiado agradable como para pensar en ese tipo de cosas. Si tenemos suerte, tal vez este maravilloso tiempo nos acompañe hasta por la noche. Voy a pedirle a Orsetta que nos prepare algo especial para cenar y quizá podamos comer aquí fuera, en el patio. ¿Te gustaría?

Tratando de apartar de su mente la decepción que sentía debido a que claramente Luca no iba a confiar más en ella, Kate se forzó en sonreír para así esconder su dolor.

—Me parece una idea estupenda —concedió.

—No te cansaste mucho en el avión, ¿verdad? Dormiste durante casi todo el trayecto.

–Siento haber sido una compañera de vuelo tan aburrida... pero creo que los acontecimientos de esta mañana finalmente me pasaron factura. ¡Aunque tengo que decir que el vuelo fue increíble! ¡No todos los días se tiene la oportunidad de viajar en un avión privado!

–¿Cómo te encuentras físicamente? ¿Te duele algo o estás incómoda?

–Sinceramente... estoy bien –contestó ella, analizando con la mirada la cara del hombre al que amaba con locura.

–Eso está bien. Mañana te concertaré una cita con el ginecólogo del que te hablé. Cuanto antes te examine alguien en quien yo confíe, mejor. Así me quedaré más tranquilo. ¡Y después ya tendremos tiempo para relajarnos!

Kate apreciaba la obvia preocupación de él, pero estaba ansiosa por preguntarle por Sophia. Quería descubrir un poco más acerca de la mujer que había sido su esposa. Quizá le diera alguna pista acerca de los verdaderos sentimientos de Luca sobre tener a alguien de nuevo en su vida. Concretamente quería descubrir si éste estaba abierto a la posibilidad de volver a amar a otra persona... como, por ejemplo, a ella. También quería encontrar la manera de llegar al claramente herido corazón de él para ayudarle a curarlo...

Capítulo 9

MIENTRAS Luca se vestía para cenar aquella misma noche, los perturbadores recuerdos del sueño que había tenido aquella tarde le acechaban sin piedad.

Se preguntó si el haber llevado a Katherine a aquel lugar había provocado que soñara con su difunta esposa. No había soñado con ella desde hacía meses y no supo si la causa de que lo hubiera hecho aquel día fue el sentimiento de culpabilidad que se había apoderado de él... culpabilidad ante el hecho de que Sophia ya no tuviera ningún futuro por delante y él sí.

Taciturnamente, se quedó mirando el reflejo de sus propios ojos en el espejo de cuerpo entero que había en su vestidor y no pudo evitar que los dolorosos recuerdos que se habían apoderado de su mente le entristecieran.

Las últimas semanas de vida de su difunta esposa habían sido las más difíciles de todo su matrimonio. Había habido muchos momentos de desesperación durante los cuales había seriamente considerado pedirle el divorcio. Sólo le había detenido el dolor y la acusación que había visto reflejados en los ojos de ella cada vez que lo miraba.

No había sido capaz de darle a Sophia lo que ésta

más quería en el mundo y ella, erróneamente, le había culpado a él, por lo que se planteó si no se merecía sufrir.

Cuando ella había descubierto que la razón por la cual no podía concebir no radicaba en Luca, en vez de tratar de acercarse a él para intentar solucionar sus problemas, lo que había hecho había sido encerrarse en sí misma, encerrarse en un lugar al cual Luca no podía llegar. Éste incluso había comenzado a creer que ella no quería que la encontrara; lo había apartado de su vida y no había habido mucho que él hubiera podido hacer para remediarlo.

En aquella época había lamentado mucho la pérdida de su una vez amorosa relación sentimental, pero con el tiempo se había preguntado si, en el caso de que Sophia hubiera vivido, todavía estaría con ella. Se planteó qué clase de futuro podía haber tenido con una mujer cuyo corazón estaba lleno de culpas y arrepentimiento, una mujer que había condicionado su felicidad al hecho de tener un bebé y que se había retraído a su mundo, tanto física como mentalmente, al descubrir que no podía concebir.

Pero antes siquiera de darse cuenta de que estaba ocurriendo, los ya vagos recuerdos de Sophia fueron sustituidos en su mente por pensamientos sobre Katherine. Una intensa calidez y placer se apoderaron de su cuerpo al pensar que ésta estaba esperándole en la terraza. Se sintió animado por unas poderosas expectativas de tenerla para él solo en la única casa que consideraba «su hogar».

Su taciturno humor se transformó en una innegable excitación. Recordó que, cuando ella le había consolado al percatarse de que había soñado con algo perturbador, sus preciosos oscuros ojos habían reflejado una ternura que le había llegado al corazón.

Impresionado ante aquel pensamiento, se quedó mirando más intensamente su reflejo en el espejo, como si por primera vez estuviera considerando la posibilidad de transformar la pena que se había apoderado de su vida en algo mucho más alegre y placentero.

Como hacía una noche cálida, Katherine se había puesto su vestido veraniego favorito. Éste era de un lino color melocotón y de estilo túnica. Le llegaba hasta la rodilla y a ambos lados tenía unas favorecedoras aberturas... un pequeño y sexy detalle que mostraba sus firmes y contoneadas piernas.

Normalmente solía ponerse un ancho cinturón negro combinado con la túnica pero, al estar embarazada y notar como la suave curva de su tripa crecía cada día más, había decidido olvidarse del cinturón y dejar el vestido suelto.

Sentada en el patio bajo la pérgola cubierta de parras, en el lugar donde Orsetta había preparado la mesa para que cenaran, dio un trago al agua mineral que se había servido en un vaso y esperó a que Luca se reuniera con ella.

Sólo con pensar en él, sintió como le daba varios vuelcos el estómago.

Cuando por fin Luca apareció, con un aspecto estupendo tras haberse duchado y descansado, vestido con unos informales, pero a la vez elegantes, pantalones de color beige y una camisa de lino blanca, Kate supo con seguridad que dentro de ella estaba creciendo un profundo deseo de realizar una sincera conexión con el padre de su futuro hijo, una conexión que durara para siempre.

–¡Orsetta está convencida de que hemos traído el buen tiempo con nosotros! –bromeó él, sentándose en la silla que había enfrente de Katherine–. Me ha contado que ha estado lloviendo durante dos semanas y que paró ayer por la noche.

–Entonces ella cree en las señales y en los presagios...

–Sí... ¿por qué no? –contestó Luca, encogiendo sus anchos hombros de manera despreocupada bajo el lino blanco de su camisa.

–¿Tú crees que nuestro inesperado encuentro en tu despacho... cuando yo no tenía ni idea de que eras tú la persona para la que había ido a trabajar... se podría considerar un buen presagio? –especuló Kate, sintiendo como se le revolucionaba el corazón.

–Eso espero –respondió él, sonriendo.

Aquella respuesta parecía carecer de convicción y ella sintió como la decepción se apoderaba de su pecho.

–Por cierto, esta noche estás preciosa –añadió Luca.

La fuerza de la mirada azul celestial de él provocó que a Katherine le hirviera la sangre en las venas.

Luchando por controlar el impresionante e íntimo calor que la había embargado por dentro, tuvo que hacer uso de toda su fuerza de voluntad para impedir que aquella perturbadora mirada la distrajera completamente.

–Luca, espero que... que no estés arrepintiéndote de habermé traído a este lugar –comentó.

—¿A qué te refieres?
—Bueno, después de lo que ocurrió antes... parecías tan disgustado... eso es todo. Me preguntaba si tal vez estabas pensando mejor lo que habías hecho.
—¿Lo dices por lo de mi sueño?
—Sí. Estabas soñando con tu difunta esposa, Luca. La mujer con la que obviamente una vez viviste aquí. Pensé que tal vez... que quizá te molestara que otra mujer estuviera en esta casa en vez de ella.
—¡Pues has llegado a una conclusión equivocada! —espetó él, apartando la mirada. Observó la mesa fijamente, como si estuviera tratando de controlar las emociones que se habían apoderado de su cuerpo—. Lo que ocurrió es cosa del pasado y es ahí donde debe quedarse. Además... esta noche preferiría no pensar en aquella época de mi vida. Tengo algo importante que preguntarte, Katherine.
—¿Algo importante? —repitió Kate, nerviosa.
—Sí. Creo que deberíamos casarnos. Me parece que, dadas las circunstancias, es lo correcto.
—¿Lo correcto...?
—Así es. Me gustaría que fueras mi esposa, Katherine... ¿aceptas? —preguntó Luca, el cual había controlado ya las emociones que se habían apoderado de él. Su fascinante hermosa cara no reflejaba en absoluto lo que estaba sintiendo.
Por el contrario, ella sabía que no tenía ninguna esperanza de ocultar sus sentimientos... ¡aunque tampoco quería hacerlo! Tras la euforia inicial que le había causado la proposición de Luca, el enfado y la confusión le estaban recorriendo el cuerpo.
—Lo que quieres decir es que crees que debemos casarnos simplemente por el bebé —contestó, aga-

rrando con fuerza los apoyabrazos de la silla en la que estaba sentada.

—No solamente por el bebé —respondió él—. Creo que entre tú y yo hay algo que merece la pena que construyamos, Katherine... ¿no estás de acuerdo?

—¿Que construyamos? —repitió Kate, pensando que parecía que Luca estaba hablando de alguno de sus proyectos arquitectónicos. ¡Y aquello no era lo que ella había esperado oír en absoluto!

—Además... —prosiguió él, encogiéndose de hombros al no saber bien cómo interpretar la indignación de ella— ¿no es algo suficientemente honorable el que te pida que te cases conmigo cuando estás esperando un hijo mío?

—¡Olvídate del honor por un momento! Vamos a ser realistas, ¿no te parece? —con el corazón revolucionado, ella colocó las manos en su regazo para controlar el repentino temblor que se había apoderado de éstas—. Estás pidiéndome que me case contigo como si mis sentimientos al respecto no importaran en absoluto. ¡No soy simplemente un recipiente para que crezca el bebé, entérate! ¡También soy una mujer! Una mujer con esperanzas y sueños que tal vez involucren algo un poco más profundo que un práctico matrimonio de conveniencia.

Katherine hizo una pausa y miró al padre de su futuro hijo fijamente a los ojos.

—¿Cómo se supone que voy a criar un niño contigo, Luca, cuando claramente pretendes mantenerme a cierta distancia de ti? ¡Por lo menos emocionalmente! Ni siquiera quieres hablarme de las cosas que han ocurrido en tu vida, las cosas que te han marcado o herido. Como, por ejemplo, de tu difunta esposa.

Esta tarde me dijiste una cosa muy impresionante... que ella murió ahogada. ¡Pero cuando te pregunté, ni siquiera querías decirme cómo ocurrió! ¡Querías olvidarte del tema y no compartirlo conmigo! Comprendo que no quieras revivir el dolor y el tormento que debiste sufrir, pero no entiendo cómo puedes contemplar la posibilidad de casarte con otra persona si ni siquiera puedes compartir con ella parte de lo que sucedió. Así es como llegamos a conocernos en una relación... compartiendo nuestras penas, nuestras alegrías, nuestras esperanzas y nuestros sueños... ¡no sólo acostándonos juntos!

Él pareció realmente impresionado ante aquel arrebato de Kate. Respiró profundamente y negó con la cabeza.

Al soltarse las manos, ella se percató de que no tenía esperanza alguna de evitar que éstas temblaran. Estaba jugándose demasiado como para ser capaz de permanecer tranquila. Luca todavía no había dicho nada y, con tristeza, ella creía que no iba a contestar ninguna de las acaloradas preguntas que le había hecho.

En ese momento sintió como la esperanza moría dentro de su cuerpo y sintió muchas ganas de llorar.

Pero entonces, la tensión que había reflejado la boca de Luca se desvaneció ligeramente y, sorprendentemente, éste pareció cambiar de idea.

—Estábamos disfrutando de unas vacaciones junto a unos amigos en el yate de éstos, en la costa sur... en Amalfi, para ser precisos.

Prestándole toda su atención, Kate se relajó. Se apoyó en el respaldo de la silla y se colocó las manos sobre la tripa de manera protectora.

—Sophia estaba descansando en una de las cubiertas que había habilitadas para tomar el sol. Me dijo que sólo quería leer e intentar apartar los problemas de su cabeza —continuó él, mirando a Katherine fijamente a los ojos. Tragó saliva con fuerza antes de seguir explicándole—. Habíamos pasado un momento difícil... en realidad muy duro. Habíamos estado intentando tener un bebé durante tres años... sin ningún éxito. En el último de aquellos tres años, decidimos realizarnos algunas pruebas para descubrir por qué no podíamos concebir un hijo. El resultado fue que había un problema con los ovarios de Sophia, problema que no tenía solución y que hacía imposible el que se quedara embarazada. Ella se quedó profunda y completamente destrozada.

Luca hizo una pausa y tragó saliva con fuerza.

—Desde que comenzamos a tener relaciones, tanto ella como yo sabíamos que queríamos formar una familia. Soy hijo único y mis padres fallecieron antes de mi veintiún cumpleaños. Yo quería llenar esta preciosa villa que me dejaron con el sonido de las risas de mis hijos... ¡quería tener muchos niños! Sophia tenía cinco hermanas y había tenido un hermano que falleció. Debido a aquello, soñaba con darles un nieto a sus padres. Durante tres años pareció que en todo en lo que podíamos hablar, todo en lo que podíamos pensar y desear era en tener un hijo. Cuando descubrimos las malas noticias, le dije a mi esposa que podíamos adoptar un niño. Le dije que me alegraría hacerlo... y lo dije en serio. Pero a Sophia no le hizo gracia. Lloraba todos los días. Entonces comenzó a encerrarse en sí misma cada vez más y finalmente apenas me contaba cómo se sentía.

Mientras él le contaba todo aquello, Katherine escuchaba con mucha atención.

—Aquella misma mañana, más o menos media hora después de haber dejado a Sophia relajándose en la cubierta, volví para comprobar cómo estaba y me encontré su tumbona vacía. El libro que estaba leyendo estaba junto a ésta, abierto por la página que había estado leyendo cuando la dejé sola. Pensé que tal vez había ido a echarse en el camarote y me dirigí a éste para buscarla. Pero no, allí tampoco estaba. Incapaz de ignorar el sentimiento de miedo que se había apoderado de mí, corrí junto a mis amigos y todos buscamos por el yate para ver si la encontrábamos.

Frunciendo el ceño al recordar todo aquello, y con la tensión reflejada en la cara, Luca volvió a hacer una pequeña pausa antes de continuar hablando.

—Los guardacostas encontraron su cuerpo horas después aquel mismo día por la tarde. La cubierta en la que había estado leyendo estaba rodeada de rejas, por lo que no cabía la posibilidad de que se hubiera caído por accidente. Tras una minuciosa investigación policial, el juez de instrucción dictaminó que había sido un suicidio.

Restregándose una mano por la barbilla, Luca miró a Kate con la dureza reflejada en los ojos.

—Lo que yo quiero saber... lo que me ha estado carcomiendo por dentro durante más de tres años, es si yo empujé a Sophia a cometer suicidio por mi gran ilusión de ser padre. No sé si puse sobre ella demasiada presión cuando resultó ser que, en realidad, era una mujer muy frágil... No lo tengo claro.

—¡Oh, Luca! A mí no me da esa impresión en absoluto —respondió Kate, sintiendo el corazón partido al conocer la manera en la que había fallecido Sophia, así como también al percibir el dolor que reflejaba la voz de él.

Se inclinó por encima de la mesa y tomó la mano de Luca entre las suyas.

–Por lo que me has contado, Sophia quería hijos al igual que tú... tal vez los deseaba incluso más fervientemente. Para algunas mujeres, el deseo de tener un hijo puede llegar a apoderarse de sus vidas. Yo tenía una amiga a la que le afectó de esa manera; tenía un matrimonio estupendo, un esposo que se preocupaba mucho por ella y que la amaba más que a nada en el mundo, pero no conseguía quedarse embarazada. Al final, debido a la obsesión que estaba consumiéndola por dentro, su matrimonio se rompió. Yo me encontré con su marido poco tiempo después de su separación y me confesó que había tenido que marcharse porque había comenzado a sentir como si hubiera dejado de existir. ¡A mi amiga le preocupaba más el hecho de intentar tener un bebé que él! Y en una relación sentimental, las dos personas que la componen deben cuidarse el uno al otro... ¿no te parece?

Sonriendo levemente, Kate le dio unas palmaditas a la mano de Luca.

–Por las razones que fueran, Sophia hizo lo que hizo. Parece que su tristeza personal sobrepasó todos los límites y ya nadie podía llegar a ella ni ayudarla. ¡Ni siquiera su propio marido! Siento mucho lo que ambos debisteis tener que soportar al no poder tener un hijo propio. Pero aún más siento lo que tú has sufrido desde entonces... al haberte culpado de la trágica muerte de tu difunta esposa.

Él no sabía qué decir. Lo único que sabía era que

la amabilidad que brillaba en la cautivadora mirada de Katherine estaba conmoviéndole de una manera muy profunda. Le estaba retando a considerar la posibilidad de que la vida podía llegar a ser mucho mejor de lo que desde hacía mucho tiempo llevaba siendo. Se percató de que deseaba fervientemente que fuera de aquella manera.

Pensó en lo que Kate le había dicho acerca de que, en una relación sentimental, ambos debían cuidar el uno del otro. Él mismo comprendía muy bien la situación por la que había pasado el marido de la amiga de Katherine. Durante las últimas semanas de vida de Sophia, ésta apenas lo había mirado. El dolor y la profunda pena que había sentido al ser consciente de que no podía concebir un hijo, la habían llevado a cerrarse completamente en sí misma.

Hasta aquel momento no se había permitido experimentar la realidad de sentirse tanto rechazado como abandonado por ella. Había habido ocasiones en las que se había sentido muy solo y extremadamente triste, momentos durante los cuales apenas había sido capaz de soportar el dolor. Durante los últimos tres años había evitado cualquier tipo de consuelo que hubiera podido ofrecerle nadie para así protegerse y evitar la posibilidad de que volvieran a hacerle daño.

Había sido como si se hubiera escondido en una profunda y oscura cueva cuando, en realidad, tenía que haber salido al sol... a la calidez... tenía que haberse percatado de que la vida tenía más cosas que ofrecer aparte de dolor.

Se preguntó a sí mismo qué ocurriría si Katherine era la persona con la que tenía que estar, la persona que le daría la calidez que necesitaba.

—Hay una cosa que me gustaría —dijo, levantándose de la silla. A continuación la persuadió a ella para que hiciera lo mismo. La tomó de las manos y percibió la dulce y encantadora fragancia que desprendía su piel, fragancia que parecía bailar en el aire que les separaba y que despertó el profundo y exquisito anhelo que le había acompañado desde el momento en el que la había visto por primera vez.

—Lo que sea —respondió Kate con el brillo reflejado en sus encantadores ojos marrones.

—Un beso —contestó Luca, tomándole delicadamente la barbilla entre los dedos. Entonces acercó la preciosa cara de Katherine a la suya.

Los labios de ambos se encontraron y se aferraron entre sí. Aquel contacto les otorgó una renovada vitalidad y un sentimiento de estar donde tenían que estar, sentimiento que conmovió profundamente a Luca. El anhelo que había sentido dentro de él creció hasta convertirse en un intenso hambre al juntarse y bailar sus lenguas en un apasionado ritmo. Sintió como le hervía la sangre en las venas y la pena que se había apoderado de él al recordar todo lo que había vivido durante los últimos meses de vida de Sophia, se desvaneció por completo. Todo lo que quería hacer era tomar en brazos a Katherine y llevarla por los pasillos de la mansión hasta su dormitorio para hacerle el amor durante aquella noche iluminada por la luna.

Pero justo en el momento en el que había decidido dejarse llevar por aquel febril e irresistible impulso, recordó que ella había tenido que ir al hospital y la razón por la cual había decidido llevarla consigo a Milán.

Decidió que no iba a poner en peligro el bienestar de Katherine ni del bebé simplemente porque no podía controlar el casi agobiante deseo que sentía de estar con ella.

Negarse a sí mismo lo que anhelaba por encima de todas las cosas era una tortura, pero tuvo que tener en cuenta la lógica.

Gradualmente, y a su pesar, comenzó a apartarse de Kate, comenzó a apartarse del dulcemente erótico beso que prometía llevarles a algo mucho más intenso si él lo permitía.

Sintió la tensión que transmitía la delicada figura de ella y tomó su cara con las manos. Entonces le acarició las mejillas con sus pulgares y sonrió.

–Besas como un ángel. ¡Con besos como éstos podrías convertir a cualquier hombre en tu esclavo!

–Pero yo no quiero simplemente a «cualquier hombre», Luca.

–¿No? –bromeó él.

Al observar la promesa que reflejaban los ojos de Katherine, sintió como aumentaba la poderosa necesidad que ya le estaba consumiendo por dentro. La deseaba con tanta fuerza que, frustrado, sintió ganas de llorar.

–¿No lo sabes? –preguntó ella–. ¿No sabes cuánto...?

–*Scusi, signor* De Rossi... *signorina*... –interrumpió la sonriente ama de llaves de Luca.

Ésta llevaba una bandeja con bebidas, que colocó en la bonita mesa de hierro que había junto a ellos.

Maldiciendo para sí mismo por aquella interrupción, Luca se preguntó qué habría ido a decir Katherine y miró irónicamente su encantadora cara, cara que todavía tenida tomada entre las manos. De mala gana, le permitió apartarse de él.

Entonces bromeó en italiano con Orsetta acerca de lo inoportuna que ésta había sido. El ama de llaves se apresuró en disculparse y miró a Katherine, ante la que se encogió de hombros a modo de disculpa.

Pero él se percató de que le era imposible enfadarse con el miembro más fiel y leal de su personal. En vez de ello, le dio las gracias por haber sido tan considerada al haberles llevado unos refrescos.

Mirando a su jefe, Orsetta le informó de que no iba a tardar mucho en tener la cena preparada, tras lo cual se marchó.

Cuando estuvieron de nuevo a solas, Kate se dirigió otra vez a él.

–Me dijiste que la noche que nos conocimos te sentías perdido –comentó. Entonces se acercó a la mesa y volvió a sentarse a ésta–. ¿Era porque estabas pensando en tu esposa? –quiso saber, frunciendo el ceño.

Luca no sabía a qué se refería ella. Se acercó a la silla en la cual estaba sentada y le puso las manos en los hombros. Satisfecho, sintió como un escalofrío le recorría el cuerpo a Katherine en respuesta a su caricia.

–Aquel día había estado pensando en Sophia, sí –admitió–. Pero sólo porque por casualidad había encontrado el libro que ella había estado leyendo en el yate. Obviamente me había conmovido y hecho recordar muchas cosas. Pero... ¿podríamos dejar de hablar de esto por ahora? ¡Preferiría que nos concentráramos en nosotros!

–Está bien.

–Entonces... ¿dónde estábamos antes de que Orsetta

nos interrumpiera? Ah, sí... estabas a punto de decirme algo, ¿no es así? ¿Qué era, Katherine?

–¿Sabes una cosa? –contestó ella, dándose la vuelta hacia él. La expresión de su cara reflejaba que se había puesto a la defensiva. Miró a Luca brevemente a los ojos, tras lo cual se apresuró en apartar la mirada como si temiera que éste fuera a ver algo que no quería que viera–. ¿Podríamos hablar de esto más tarde? Repentinamente siento la necesidad de echarme un poco. El cansancio debido al viaje definitivamente se ha apoderado de mí. ¿Te importa si esta noche no ceno contigo? Realmente no tengo hambre.

–¡No es una cuestión de si a mí me importa o no, Katherine! ¿Te encuentras bien? No estarás enferma, ¿verdad? –quiso saber Luca. Sin ser consciente de ello, su voz reflejó una gran dureza ya que malinterpretó la razón por la que Kate no lo miró directamente a los ojos.

Rezó para que ella no estuviera tratando de ocultarle que se sentía mal, que le dolía algo o que había algún problema con el bebé.

–Estoy perfectamente bien. Simplemente estoy un poco cansada, eso es todo –respondió Katherine.

–¿Estás segura de que eso es todo? ¿No estarás ocultándome algo?

–No, Luca, no lo estoy haciendo.

Decepcionado ante el hecho de que Kate fuera a retirarse para descansar, se sintió muy frustrado.

–Entonces ve a acostarte. Iré a verte después.

–¿De verdad que no te importa?

–¡Desde luego que no! ¿Por qué iría a oponerme a que descansaras cuando te traje aquí precisamente para eso?

–Si es así, nos veremos después.

Levantándose de la silla en la que había estado sentada, Katherine se apresuró en entrar en la casa.

En cuanto ella se hubo marchado y Luca estuvo de nuevo solo, comenzó a echarla de menos con mucha intensidad...

Capítulo 10

KATE se preguntó si Luca estaba todavía enamorado de su difunta esposa. Cuando éste había admitido que la noche en la que se conocieron había estado pensando en Sophia, ella había sentido como el dolor se apoderaba de su corazón. Se planteó si la profunda pena de él por la muerte de Sophia podría haberle conducido a sus brazos...

Luca le había preguntado si se había acostado con él por venganza, pero ella se planteó que tal vez él le había hecho el amor simplemente porque había necesitado un cierto consuelo físico y nada más. No sabía si se había imaginado la fuerte conexión física que estaba tan segura de haber sentido.

Se sintió invadida por el dolor y por una sensación de confusión. Se cruzó de brazos y se acercó a las ventanas francesas del dormitorio, las cuales estaban abiertas. Ni siquiera el embriagador y sensual aroma de los lirios blancos y de las mimosas que estaban floreciendo, ayudados por el cálido aire mediterráneo, lograron levantarle el ánimo. Se quedó mirando por la ventana con la mirada perdida y negó con la cabeza. Luca había sugerido que se casaran, pero no sabía qué futuro podía tener junto a él si el corazón de éste todavía le pertenecía a una mujer que ni siquiera estaba viva.

Se preguntó a sí misma cómo iba a afectar a su hijo el crecer rodeado de una atmósfera como aquélla.

Cuando ambos habían estado en el patio, antes de que apareciera el ama de llaves, había estado a punto de confesarle que lo amaba. Pero había perdido la oportunidad de hacerlo y después ya no había sido capaz de reunir de nuevo el coraje para confesárselo.

En ese momento se apartó de la ventana y se acercó a la cama, donde tomó una almohada de raso y la apretó contra su pecho. A continuación se dejó caer sobre el exuberante cubrecama.

No sabía qué debía hacer.

—¿Katherine?

Asombrada, levantó la mirada y observó que el objeto de sus reflexiones estaba en la puerta del dormitorio.

Vio como Luca cerraba la puerta tras de sí y se acercaba a ella.

Pensó que con los bonitos andares que tenía él dominaba toda la habitación. Estaba segura de que podría cautivar a cualquier mujer con el simple magnetismo de su presencia. Tuvo que reconocer para sí misma que siempre le perseguiría un cierto halo de excitación... de peligro... una necesidad de descubrir lo que provocaba que un hombre tan enigmático como él se moviera, necesidad seguida de unas ansias silenciosas y muy intensas de saber cómo sería sentirse bajo sus maravillosos encantos cuando hacía el amor...

Ella sabía todo aquello porque aquéllas eran precisamente las sensaciones que había sentido al haberlo visto por primera vez. Y aquella misma combinación de hambre y placer, combinación que provocaba que sintiera como si se le derritieran los huesos, estaba recorriéndole el cuerpo en aquel mismo momento.

Prácticamente nada más haber visto a Luca, había detectado que había algo bajo la civilizada fachada de hombre mediterráneo de éste que indicaba que poseía un espíritu, una naturaleza, un poco salvaje. Y, aunque él poseía unos arrebatadores atributos masculinos, también gozaba de una gracia que le convertía en alguien aún más fascinante e inolvidable ante sus ojos.

–¿Qué pasa? ¿Ocurre algo?

–No –contestó Luca, que al llegar junto a la cama la miró con una expresión meditabunda e inquietante–. Bueno... en realidad, sí. Sí que ocurre algo.

Tragando saliva con fuerza, Kate se quedó mirándolo y comenzó a pensar en un abanico de angustiosas posibilidades. La principal era que, después de todo, él quizá ya no la quería a su lado.

Se volvió a plantear que tal vez todavía estaba enamorado del recuerdo de su difunta esposa...

–Quiero saber lo que ibas a decirme... cuando estábamos en el patio. No pude relajarme cuando te marchaste ya que las palabras que comenzaste a decir me han estado dando vueltas en la cabeza sin parar y no voy a tener ningún sentimiento de paz hasta que no sepa qué querías decirme.

Apretando aun con más fuerza contra su pecho el cojín color carmesí, Kate miró a Luca con los ojos como platos. Se sintió acorralada. Pensó que podía andarse con rodeos, mentir, o simplemente decir la verdad.

Y eligió hacer lo último.

–Iba a preguntarte... si no sabes lo mucho que te amo.

Alguien exhaló profundamente. Kate no supo si fue él o ella. Pero lo que sí que supo fue que el sonido de aquella exhalación rozó el aire como terciopelo.

–¿Me amas? –preguntó entonces el padre de su futuro hijo.

–Sí... te amo.

Al no detectar ningún cambio en la seria expresión de la cara de Luca, ella se sintió invadida por un terrible y helador miedo, miedo a que éste estuviera a punto de rechazarla. Sintió como si todas sus facultades parecieran congelarse repentinamente.

Pero entonces él comenzó a sonreír y de nuevo a Kate le impresionó lo hipnótica que podía llegar a ser su azul mirada. No tenía defensas ante aquella expresión que provocaba el más profundo e inigualable placer en su corazón, expresión que la hacía ser más vulnerable de lo que jamás lo había sido en su vida.

–Eso está bien –dijo Luca.

–¿Ah, sí?

–Sí. Ahora ya puedo relajarme, tesoro mío.

Antes de que ella se percatara de sus intenciones, él se sentó en el colchón y comenzó a acariciarle el pelo. A continuación se quitó los zapatos ayudándose de sus propios pies y Katherine sintió como un escalofrío le recorría el cuerpo de manera casi violenta.

–¿No te importa? –le preguntó, susurrando–. ¿No te importa que te ame?

Luca se rió y el deliciosamente sensual sonido que emitió le hizo sentir a ella como si estuviera siendo abrazada por unas cálidas y suaves toallas tras haber disfrutado de un baño de agua caliente con sales perfumadas.

–¿Te haces una idea de cómo se siente un hombre

que había más o menos renunciado a la posibilidad de ser feliz al oír a una mujer que le importa mucho decir que lo ama? –preguntó él, apartándole a Kate el pelo de la cara. Entonces le acarició la mejilla con mucha delicadeza–. Yo me enamoré de ti el día de la fiesta, mi querida Katherine. Es cierto. Era una fiesta que no quería celebrar... pero al finalizar la velada me sentí contento de haberlo hecho... ya que gracias a ello te conocí.

–¿No sigues enamorado de tu difunta esposa, Luca? De vez en cuando, cuando pareces apartarte de mí, me da la sensación de que es por eso.

–Si me he apartado de ti en algún momento ha sido porque no quería agobiarte con lo mucho que te deseaba... ¡y porque no quería hacerle un daño potencial al bebé! Cuando esta mañana antes de volar a Milán tuviste aquel susto, yo me quedé destrozado ante la idea de que algo os pudiera pasar... a nuestro futuro hijo o a ti. Escúchame, Katherine. Conozco mi corazón y en este momento te pertenece a ti... ¡no a la pobre Sophia! Fue una tragedia terrible que ella falleciera de la manera en la que lo hizo, ¡pero a quien yo amo es a ti! No debes temer que vaya a mentirte sobre eso.

–¿Durante todo este tiempo? –preguntó Kate, apartando la mano de Luca de su cara. A continuación la sujetó con fuerza–. ¿Me has amado durante todo este tiempo?

–Sí.

La preciosa sonrisa de él, su deliciosa voz, así como sus increíbles ojos, provocaron que ella se sintiera débil... e inmensamente feliz.

–Pero cuando te marchaste como hiciste a la mañana siguiente, ¡me quedé muy confundido! –continuó Luca–. Mi orgullo también se sintió herido, por lo que no intenté encontrarte. Entonces, tres meses después, apareciste milagrosamente... ¡y me enteré de que la noche que habíamos pasado juntos había provocado que te quedaras embarazada! ¡Y me dio la impresión de que durante todo aquel tiempo tú no habías hecho ningún esfuerzo para informarme de ello! Tengo que confesarte que tuve la terrible sospecha de que el bebé tal vez no fuera mío. Te diré que me atormentaba la idea de que hubieras estado con otro hombre tras la increíble noche que compartimos.

–Te hice sentir muy mal –dijo Kate, suspirando con arrepentimiento–. Pero no pretendí hacerlo. Realmente quería ponerme en contacto contigo, Luca, pero estaba aterrorizada ante la posibilidad de cometer otro error después de lo que me había pasado... cuando mi ex hizo lo que hizo... Aquella noche me trajo a la memoria muchos dolorosos recuerdos de mi pasado, recuerdos difíciles que realmente me herían profundamente. Sobre todo me hizo volver a sentir un viejo sentimiento de no ser suficientemente buena. Ésa fue la razón por la que huí aquella mañana en Milán. Temí que, a la luz del día, fueras a rechazarme y, por lo tanto, decidí ahorrarme el dolor y dejarte yo primero.

Mirando a Luca a los ojos, relajó los hombros levemente.

–Mi madre había muerto no mucho antes de que yo comenzara a salir con Hayden y mi confianza en mí misma se había visto bastante alterada por su fallecimiento. Es la verdad. Creo que aquélla fue la razón por la cual me engañé acerca de él. Simplemente quería que alguien se preocupara por mí ya que tenía mucho miedo de estar sola. Pero tras estar contigo jamás podría haberme ido con otro hombre, Luca... ¡jamás!

Él la miró entonces a los ojos con una gran seriedad y preocupación reflejadas en la mirada. Entrelazó los dedos con los de ella.

–Escúchame; jamás te rechazaré... ¡y no quiero que vuelvas a sentir que no eres lo suficientemente buena! No tienes razón alguna para pensar eso sobre ti y no importa lo que pueda decir o hacer otra persona. Eres una mujer encantadora y cautivadora. Y, aparte de tu belleza exterior, es sobre todo la intensa belleza de tu alma la que me llega al corazón, dulce Katherine.

Sin saber muy bien cómo contestar a una declaración tan maravillosa como aquélla, Kate se echó hacia delante y le dio a Luca un beso en la mejilla. Percibió la fragancia a sándalo de la colonia de éste y sintió la suave, pero al mismo tiempo dura textura de su piel. Ambas cosas creaban una sensual combinación.

–¡No sabes lo que significa para mí el oírte decir eso! Ahora... tengo algo que enseñarte.

Tomó su bolso de la mesilla de noche y sacó de éste lo que pareció ser una fotografía en blanco y negro. Entonces se la entregó a Luca y, una vez que éste la hubo aceptado, se colocó un mechón de pelo por detrás de la oreja y sonrió.

–Ésta es una fotografía de nuestro bebé dentro de mi vientre. Me la dieron en el hospital tras hacerme la ecografía.

Luca se quedó mirando la fotografía como si estuviera analizando el significado del universo. Un músculo en la comisura de sus labios se contrajo levemente y Kate se percató de lo afectado que estaba.

Ella misma había experimentado la misma mezcla de sobrecogimiento y euforia cuando había visto la fotografía por primera vez.

–Me preguntaron si quería saber el sexo del bebé, pero dije que no... A ti no te importará esperar para descubrirlo, ¿verdad?

Apartando por fin la mirada de la fotografía, Luca miró a Katherine y supo que sus sentimientos eran transparentes.

–No me importa, no. ¡Será mucho más maravilloso descubrirlo el día del parto! Para mí es un milagro... ver esto... –comentó, negando con la cabeza casi de manera reverencial–. Es algo que creí que no vería jamás. Dios es bueno, ¿verdad?

–Sí, Luca –contestó ella, sonriendo–. Dios es bueno, y yo sé que tengo muchas razones para dar gracias por lo que tengo. ¿Por qué no te quedas la fotografía y la llevas en tu cartera?

–Me encantaría –respondió él, metiéndose la fotografía con cuidado en el bolsillo de la camisa.

–¿No vas a tener en cuenta, ni siquiera un poco, el que me marchara como hice aquella mañana? –quiso saber Kate.

–No... –dijo Luca, que pareció estar pensándolo–. Pero sí que tendrás que recompensarme... y de la manera que yo elija.

–¿Oh?

Ella se percató de inmediato de que él estaba tomándole el pelo. Sintió como le daba un vuelco el estómago al sentirse embargada por un delicioso acaloramiento...

Luca se quedó mirando los botones de la parte frontal del vestido de Kate y, uno por uno, comenzó a desabrochárselos.

Cuando por fin levantó la vista, la miró fijamente a los ojos.

–Quiero ver a mi mujer... a la madre de mi futuro hijo... como Dios la creó.

Respirando agitadamente, ella apenas se atrevió a mover un músculo. Aunque deseaba a Luca con mucha intensidad, le dio la bienvenida a aquella inesperadamente dulce faceta de éste con un profundo amor y excitación.

La veneración con la que le desabrochó y quitó la ropa fue incluso más erótica que si se la hubiera arrancado movido por un apasionado impulso.

No pudo evitar estremecerse.

Al quitarle el vestido por completo, él le puso las manos en sus delicados hombros y la besó varias veces en la boca. Entonces, al aferrarse los labios de Kate a los suyos para obtener más, se apartó de ella deliberadamente.

Sonriendo perezosamente de manera cómplice, perfectamente consciente de que estaba incrementando la sensualidad entre ambos, Luca disfrutó claramente al sentirse en control de la situación.

Despacio, como si estuviera pintando un cuadro, acarició en forma de línea la suave piel de Kate desde la garganta a los pechos. La maternidad a la que ésta se enfrentaba había cambiado su cuerpo y ella supo con una silenciosa satisfacción, y una pizca de orgullo, que por primera vez en su vida tenía un escote envidiable...

Acariciando con delicadeza los hinchados pechos de Katherine por encima del sujetador de encaje que llevaba, él decidió desabrochárselo...

Ella contuvo la respiración. Expuestos ante el cálido y perfumado aire de la noche en todo su esplendor, sus exquisitamente sensibles pezones vibraron y se contrajeron casi bruscamente. Se mordió el labio inferior con fuerza y, cuando Luca tomó uno de sus pechos con la boca y comenzó a chupar su pezón con delicadeza, emitió un profundo gemido.

La suave caverna que suponía el interior de la boca de él, así como la manera en la que le estaba acariciando la desnuda carne de su pecho con la lengua, supuso un intenso deleite.

Una flecha de pasión encontró su objetivo, en lo más profundo de su ser, y prendió un intenso fuego. En ese momento, Luca levantó la cabeza y comenzó a prestarle la misma exquisita atención a su otro pecho. Ella introdujo los dedos entre el sedoso y oscuro pelo de él. Se aferró a Luca aun cuando estaba suplicándole silenciosamente que tuviera misericordia.

Se dijo a sí misma que seguramente todo aquel placer no estaba permitido y que solamente disfrutaban de él unos pocos afortunados.

Buscando la boca de Luca con ansia, aceptó el apasionado beso que le dio éste con una casi insoportable necesidad de tenerlo aún más cerca. Deseaba tenerlo dentro de ella... deseaba que no hubiera distinción alguna entre el cuerpo de él y el suyo... que fueran sólo una misma piel, un mismo corazón, una misma alma...

Entonces le agarró la ropa e, irresistiblemente, Luca la ayudó. El erótico juego que había comenzado él había llegado a aquel momento salvaje y, finalmente, fueron sólo unos instrumentos al amparo de las poderosas fuerzas que los estaban embargando.

Al tener el desnudo y fuerte cuerpo de Luca sobre el suyo, Kate sintió como se le derretían las caderas.

No pudo evitar separar las piernas al acariciarle Luca su suave piel y prepararla para su posesión...

Se le aceleró el corazón y acarició la perfecta musculatura que le bajaba a él por la espalda hasta el trasero. Hambrienta, se familiarizó con cada fascinante faceta y curva de aquel impactante cuerpo masculino.

–Lo haré lo más despacio que pueda –aseguró Luca, sonriendo con arrepentimiento. Entonces la miró a los ojos mientras se ponía rígido sobre ella–. No quiero hacerte daño, tesoro mío... debes decirme si quieres que pare en cualquier momento.

A Katherine le impresionó mucho que él sugiriera la posibilidad de que ella deseara que se detuviera. Mientras que apreciaba mucho el amor y la preocupación que estaba expresando por ella el padre de su futuro hijo, al mismo tiempo quería decirle que tal vez se moriría si él no les daba a ambos en aquel mismo momento lo que tan desesperadamente deseaban.

¡No quería esperar ni un segundo más!

Se incorporó levemente y acarició con delicadeza la sensual bella boca de Luca. Casi sintió ganas de llorar ante la artística perfección de ésta.

–No tienes que preocuparte –le dijo con dulzura–. No estoy hecha de porcelana, así como tampoco lo está nuestro bebé. Esto es algo perfectamente natural y bueno. No me harás daño. Simplemente hazme el amor... ahora... por favor...

Él se sintió muy emocionado al oír la súplica de Katherine para que le hiciera el amor. Aquel ruego terminó con algunos de los oscuros fantasmas que le habían perseguido desde el fallecimiento de Sophia... fantasmas que le habían hecho creer que nunca más volvería a experimentar el amor o la felicidad con ninguna otra mujer. Pero el destino... creía firmemente que había sido el destino... había llevado a la encantadora Kate a la puerta de su casa y le estaría eternamente agradecido al universo por su divina intervención.

Al haber visto la fotografía de su bebé que habían obtenido al realizar la ecografía, había sentido como su corazón vibraba al verse invadido de alegría y gratitud. Aquella fotografía había aumentado las ya poderosas emociones que experimentaba cada vez que estaba junto a Katherine.

Observar el sensacional cabello negro de ella esparcido por la almohada y el desinhibido placer que reflejaba su bella cara mientras la penetraba y comenzaba a moverse dentro de su cuerpo, le hizo sentirse orgulloso, posesivo y extremadamente protector. Sintió como todo su cuerpo se consumía debido a la intensa necesidad que sentía de ella. Kate le había asegurado que no iba a hacerle daño pero, aun así, una parte de él no podía olvidar el hecho de que ella tenía dentro de su vientre al hijo de ambos, por lo que se movió con mucho cuidado para no permitir que su intensa necesidad se apoderara de su voluntad.

Sintiendo lo tensos que tenía los músculos de los brazos debido al esfuerzo que estaba haciendo para mantener el control, se relajó levemente y acarició los suaves pechos de Katherine. Éstos le tenían fascinado y cautivado con sus oscuros pezones color caramelo y acarició su exuberancia con ansia... Entonces, dejándose llevar por la pura tentación que habían creado ambos, volvió a besarlos mientras se introducía muy profundamente dentro del dulce y caliente centro de su feminidad.

La piel de Kate tenía el mismo sabor que el vino más delicioso que él hubiera probado jamás y el evocador e intenso placer que se había apoderado de sus sentidos al notar como los ansiosos músculos internos de ella lo habían abrazado, fue como si una estrella explotara en su deslumbrante intensidad. Aquello le hizo llegar al límite de su muy cuidadosamente impuesto autocontrol y comenzó a temblar.

–Déjate llevar, amor mío –le persuadió ella con la respiración agitada–. No tienes que esperar... déjate llevar...

Tras decir aquello, Katherine levantó las caderas y abrazó a Luca por la cintura con sus largas y contoneadas piernas.

Él murmuró algo... algo que apenas ni él mismo fue capaz de comprender. Lo único que tenía claro era que la intensidad del erótico fuego que estaba envolviéndolo le había hecho perder la cabeza durante unos segundos.

Increíblemente, al rendirse ante la sensual súplica de Kate, sintió como los duros y calientes músculos de ésta se contraían y relajaban, para a continuación volverse a contraer de nuevo. Ella gimió y cerró los ojos con fuerza al sentir que Luca alcanzaba el éxtasis del placer dentro de su cuerpo...

Él pensó que nunca antes había alcanzado el orgasmo al mismo tiempo que su amante y las sensaciones que la experiencia le causó fueron increíbles... Se sintió embargado por un gran amor y cariño por la maravillosa mujer que tenía en los brazos. Al recordar que iban a tener un hijo en común, se sintió más contento que nunca en su vida.

–*Ti amo...* ¡*ti amo*, Katherine!

Entonces tomó su cara entre las manos y cada encantadora facción de ésta se quedó grabada en su memoria para siempre.

–¡Tienes que aceptar casarte conmigo! –le dijo apasionadamente–. ¡Dime que te casarás conmigo!

–Sí, Luca... me casaré contigo.

Pero entonces él frunció el ceño.

–No doy tu respuesta por sentado –comentó–. Quiero que estés absolutamente segura de que es lo que quieres.

–¿No has oído lo que acabo de decir? –respondió Kate, frunciendo el ceño a su vez. Pero, casi instantáneamente, la expresión de su cara se iluminó por una sonrisa más brillante que el sol mediterráneo–. Todo lo que sé es que tal vez me vuelva loca si no me caso contigo, Luca. ¿No te has dado ya cuenta de que tú eres el hombre que he estado esperando toda mi vida?

–¡Siento no haber confiado en ti como debí hacerlo cuando volvimos a vernos! En el futuro ya no tendré dudas acerca de tu lealtad... ¡ahora que sé que me amas! Así que... ¿qué te gustaría que te regalara como regalo de bodas?

Tomando un mechón del precioso pelo de ella y comenzando a juguetear con éste entre sus dedos, él se permitió a sí mismo relajarse.

Pensó que si era el hombre al que Katherine había estado esperando toda su vida, no podía sentirse más contento de lo que se sentía. Estaba ansioso por que empezaran una nueva vida como matrimonio... una vida en la que todos los errores y malentendidos del pasado se olvidaran y perdonaran por completo.

–¿Qué te parece una casa nueva? –sugirió–. Puedo diseñar una especialmente para ti, según tus gustos... en Londres o aquí, no me importa dónde.

Katherine pareció momentáneamente preocupada.

–No necesito que diseñes y construyas una casa nueva para mí, Luca... ¡aunque la idea es maravillosa! Lo que yo quiero es llenar esta casa con las risas de nuestros hijos... ¡tal y como me dijiste que una vez deseaste hacer! Es una casa preciosa y sé que llegaré a amarla. Después de todo... es el lugar en el cual concebimos a nuestro bebé y, por lo tanto, siempre será especial para mí.

Las sinceras palabras de Kate llenaron de alegría el corazón de Luca, el cual, abrazándola estrechamente, giró sobre sí mismo para que ella fuera la que estuviera encima de él. Al echar Katherine su pelo para atrás, él la agarró por ambos lados de su curvilínea cadera y la colocó en la posición exacta que quería tenerla.

Estaba más que preparado para penetrarla de nuevo y ella emitió un sensual grito de sorpresa al introducirse dentro del húmedo centro de su feminidad.

–¡*Signor* De Rossi! –espetó, reprendiéndole con el dedo a modo de burla–. Tienes una manera de tomarme por sorpresa que es bastante... –en ese momento gimió dulcemente– bastante... ¡maravillosa!

–Y tú, querida mía... –contestó Luca, sonriéndole– posees el seductor encanto de Cleopatra y de la Venus de Botticelli combinadas. ¿Qué puede hacer un pobre hombre como yo ante ello aparte de rendirse completamente a tus pies?

Epílogo

Dieciocho meses después...

–En una ocasión ya te dije que eres un hombre con mucha suerte, Luca, y ahora te lo vuelvo a repetir. ¡Eres uno de esos hombres a los que los demás varones envidian! –le dijo Hassan a Luca mientras éste daba un sorbo a su champán.

Ambos estaban de pie en una de las elegantes salas de recepción del Dorchester, donde el árabe estaba ofreciendo una pequeña fiesta para celebrar la finalización del fabuloso hotel que los colegas de Luca y éste habían diseñado para él en Dubai. Desafortunadamente, a Luca le había sido imposible viajar hasta Dubai para asistir a la impresionante fiesta que había celebrado allí su amigo ya que su esposa, la encantadora Katherine, estaba embarazada de su segundo hijo y no había estado en condiciones de realizar un viaje tan largo.

Hassan pensó que el matrimonio le sentaba muy bien a su amigo. Luca tenía como una especie de aura de satisfacción a su alrededor aquellos días, aura que Hassan había detectado cada vez más durante los últimos encuentros que había tenido con él. Le había dicho a Luca que el matrimonio le aportaría un gran placer y satisfacción ya que Katherine De Rossi era una mujer muy especial. ¡Muy especial de verdad!

Siempre se había enorgullecido de ser un entendido en el sexo opuesto y, al haber tenido el privilegio de haber podido conocer a Kate un poco más tras la boda de ésta con Luca, podía fácilmente dar fe de lo maravillosa que era la esposa de su amigo.

—¡Hoy no voy a discutir eso! —contestó Luca, sonriendo.

—Tienes que contarme todo acerca de tu próximo proyecto, ahora que mi maravilloso hotel está terminado.

—¿Mi próximo proyecto?

Luca se sintió levemente acalorado al recordar la próxima cosa que pretendía hacer... una vez que terminara aquella pequeña reunión. Iba a tomarse un mes de vacaciones para marcharse a Italia con Katherine y con el hijo de ambos. Aquella misma tarde iban a volar hasta Milán y, desde allí, habían planeado realizar el «gran tour»... con él como guía, desde luego. Iba a presentarle a su querida familia la cultura y encantos de Roma, Venecia, Pisa y, por supuesto, de la Toscana, donde pretendían pasar unos cuantos días descansando, tomando el sol y disfrutando de la deliciosa gastronomía de la zona.

Y, cuando el pequeño Orlando estuviera dormido por las noches, Katherine y él harían el amor de madrugada. Aquel pensamiento era la razón principal de que en aquel mismo momento se sintiera invadido por una agradable calidez.

—Mi próximo proyecto es uno muy personal, Hassan —informó al árabe—. Voy a tomarme un mes de vacaciones para pasarlo en Italia con mi mujer y mi hijo.

—¿Está bien tu esposa, la bella Katherine?

—Muy bien... gracias.

En ese preciso momento sonó el teléfono móvil de Luca. Éste se disculpó con su amigo, sacó el teléfono del bolsillo de su chaqueta y vio que era Katherine quien llamaba.

–*Ciao, ¿come va?*

–*Vene*... ¿cómo estás tú? ¿Te lo estás pasando bien en la fiesta?

Luca estaba enseñándole italiano a Katherine y ésta estaba realizando buenos progresos... aparte del hecho de que con demasiada frecuencia se olvidaba de que debían practicarlo regularmente.

–*Mi manchi*... –bajando la voz, él sonrió y deseó inevitablemente estar con su esposa en vez de en aquel lugar, donde se veía forzado a hablar con un montón de demasiado serios hombres de negocios.

Pero los negocios con Hassan habían sido muy beneficiosos para su estudio de arquitectura y la hospitalidad y amistad de éste eran muy agradables. Por lo que decidió que no sería grosero y que se quedaría en aquella fiesta que celebraba la satisfacción mutua de ambos y el éxito que había supuesto la finalización de aquel proyecto.

–Yo también te echo de menos y no puedo esperar a estar contigo para que alivies este dolor que parece haberse apoderado de mí en tu ausencia –respondió Katherine.

La leve sonrisa que había estado esbozando Luca se transformó en una sonrisa de oreja a oreja. Ella estaba siendo un poco pícara al incitarle de aquella manera cuando él estaba demasiado lejos como para poder hacer nada al respecto. ¡Se dijo a sí mismo que iba a devolvérsela cuando la viera!

–¿Cómo está Orlando? –le preguntó, cambiando de tema deliberadamente. Deseó tratar uno mucho menos provocativo... aunque en realidad necesitaba oír que su adorable hijo pequeño estaba bien.

–¡Maravillosamente! Lo llevé a dar un paseo por el parque y en este momento su niñera está cuidando de él mientras duerme la siesta... ¡razón por la cual estoy esperándote en el vestíbulo!

–¿Estás aquí? ¿En el hotel? –preguntó Luca, apartándose aún más de Hassan. Apretó la mandíbula al notar como repentinamente el acaloramiento que estaba sintiendo se hacía aún más intenso.

–¿Por qué no vienes a buscarme? –contestó Katherine, insinuante–. Pero date prisa, porque si tardas más de un par de minutos tal vez cambie de idea y regrese a casa sola.

–*¡Dio!* Espera y verás lo que te ocurrirá cuando te encuentre –bromeó él–. Luego no digas que no te advertí.

–¡No puedo esperar! Ya sabes que tengo una imaginación muy viva, Luca... y deliberadamente me has hecho pensar en toda clase de deliciosas ideas.

–Me estás matando... lo sabes, ¿verdad? –dijo él, negando con la cabeza. Estaba muy asombrado.

–Lo siento. Ya sé que soy una provocadora... ¡pero no puedo evitarlo! Te amo muchísimo. Y ahora, con el nuevo bebé que vamos a tener, te amo aún más.

–*Anch'io... Ti amo*, Katerina –respondió Luca con voz suave. A continuación miró sobre su hombro al casi demasiado paciente Hassan.

La sonrisa del árabe parecía estarse haciendo aún más abierta. Luca supuso que su amigo debía haber adivinado con quién estaba hablando por teléfono. ¡De hecho, estaba comenzando a sospechar que Hassan sabía que su esposa estaba esperándole en el vestíbulo!

—¡Date prisa, Luca! Estoy esperando...

Tras cortar la comunicación, él volvió al lugar en el cual había estado hablando con su amigo antes de que hubiera sonado el teléfono.

—Katherine ha venido a la fiesta. Está esperándome en la planta de abajo... —comenzó a explicarle a Hassan, sonrojándose inevitablemente.

La sonrisa de su amigo se volvió muy pícara, como la de un niño pequeño que ha estado haciendo travesuras.

—Sí, lo sé. Los dos te teníamos guardada la sorpresa, ¡tu encantadora esposa y yo! —confesó con todo descaro.

Luca negó con la cabeza.

—¿No te importa si me marcho antes de tiempo de la fiesta?

—Me disculparé de tu parte con todo el mundo. La gente lo comprenderá ya que tu preciosa esposa está embarazada de nuevo y necesita a su marido en casa junto a ella.

—Eres un buen amigo, Hassan —aseguró Luca, dándole un apretón de manos al árabe con bastante prisa. Entonces esbozó una sonrisa de complicidad—. Te veré cuando regreses de nuevo a Londres... ¡lo prometo!

—Ha sido un gran placer realizar negocios contigo, amigo mío —respondió Hassan con calidez—. Espero que tengáis buen viaje y no te olvides de darle recuerdos de mi parte a la bella y exquisita Katherine.

—¿Qué significa esto?

Frunciendo el ceño, Luca se acercó por el vestíbulo del hotel al lugar donde estaba esperándole su cautivadora esposa, la cual llevaba puesto un vestido rojo de seda. Kate estaba atrayendo miradas de admiración de los clientes del hotel que pasaban por delante de ella. Estaba sentada en un sofá de cuero y se había quitado uno de los zapatos de raso que llevaba, zapato que tenía un considerable tacón.

La expresión de su cara reflejaba una gran inocencia y se quedó mirando a su marido como si no comprendiera por qué aparentemente éste estaba tan enfadado con ella.

—¡Has tardado mucho! —le reprendió—. ¡Si hubieras tardado un minuto más, habría tomado un taxi y me habría marchado a casa de nuevo!

Ignorando la completamente irracional respuesta de ella, Luca negó con la cabeza y suspiró. Entonces se sentó junto a su esposa en el sofá.

—¿Qué ocurre? ¿Te duelen de nuevo los pies? —exigió saber, tomando entre sus manos con delicadeza el pie descalzo de su mujer. Comenzó a masajearlo—. ¡Es culpa tuya, Katherine! Deberías estar en casa, descansando, y no paseándote por Londres como una quinceañera. Estás embarazada, ¿lo recuerdas?

—¿Estás diciendo que soy demasiado vieja para salir de fiesta? —preguntó ella con dulzura—. Por cierto... ¿le diste recuerdos de mi parte al querido Hassan antes de marcharte?

—¡No hice tal cosa! —contestó Luca, horrorizado.

Llevaban ya casados un año y medio pero, aun así, él seguía sintiendo unos intensos celos si a Katherine se le ocurría siquiera bromear y decir que algún otro hombre le resultaba levemente atractivo... ¡por no hablar de si le pedía que le diera recuerdos a alguno de ellos!

Sabía perfectamente que ella lo hacía para provocarlo y, aunque estaba muy contento de verla en aquel momento, deseó que ambos estuvieran en casa para poder apaciguar las burlas de Kate al hacerle el amor durante toda la tarde hasta que tuvieran que marcharse de viaje. ¡O por lo menos hasta que Orlando se despertara de su siesta! Se dijo a sí mismo que si se apresuraban en marcharse, tal vez podrían hacer exactamente aquello.

Suspiró al sentir como las expectativas aumentaban dentro de su cuerpo. Pensó que Hassan tenía razón; él era un hombre con suerte. ¡Por lo que a él se refería, era el hombre más feliz sobre la faz de la tierra! Tras lo mucho que había sufrido en el pasado, jamás habría podido imaginarse que disfrutaría de un futuro tan brillante y lleno de amor.

Se sentía más que agradecido.

—¿Katherine?

—¿Sí, Luca?

—Eres una pequeña descarada, pero te amo. Os adoro, tanto a nuestro pequeño hijo como a ti, más de lo que las palabras pueden expresar.

En ese momento dejó de masajearle el pie y le dio un fugaz, pero intenso, beso en los labios. Sonrió al sentir el suspiro de satisfacción que emitió ella.

—¡Y también quiero al nuevo bebé que está de camino! —añadió—. ¡Tú me has dado más amor y cariño del que jamás habría podido imaginar que nadie me daría, ángel mío!

La expresión de socarronería se borró de los seductores ojos oscuros de Katherine, los cuales reflejaron a continuación una mirada de seriedad.

Luca oyó un claro sollozo y sintió como le daba

un vuelco el estómago debido a lo preocupado que estaba.

—¿Katherine?

—Estoy bien, cariño. Simplemente estoy un poco sentimental... ¡sobre todo cuando me dices unas cosas tan encantadoras! Me hace plantearme qué he hecho para merecer todo esto... ¡tanto a nuestros preciosos hijos como a ti! ¡Me asusta mucho la idea de perderos, de que me quiten lo que me hace tan feliz!

Él miró fijamente la encantadora cara de ella y negó con la cabeza.

—No va a pasarnos nada malo, cariño —la tranquilizó—. ¡Te lo prometo! Hicimos una promesa por la cual no íbamos a pensar en las cosas del pasado que nos hacen daño, ¿recuerdas? En vez de ello, íbamos a enfrentarnos a cada día con el que Dios nos bendijera con confianza y fe. Mira, ¿por qué no me pongo en contacto con Brian y le pido que nos espere en la puerta principal ahora mismo? Si nos vamos pronto a casa, tal vez podamos tener un poco de tiempo a solas antes de que se despierte Orlando y que nos necesite.

—Shirley está con él y no le importará si nos retiramos a nuestro dormitorio durante un rato. ¡Ella sabe lo mucho que he estado deseando estar contigo!

Las expectativas de Luca de estar con su preciosa esposa a solas durante por lo menos unas horas casi provocaron que gimiera en alto. Se levantó del sofá y se agachó para tomar el zapato que Katherine se había quitado. Entonces se lo puso en su fino pie. A continuación la ayudó a levantarse a su vez.

La abrazó de manera posesiva por la cintura y volvió a besarla en la boca.

—Te amo, tesoro mío –declaró en voz alta sin importarle quién le oyera.

Aquella declaración fue silenciosamente seguida por el deseo de que cada hombre y mujer allí reunidos pudieran experimentar, aunque fuera una milésima parte, del amor que Katherine y él compartían...

Bianca

Ambos estaban en peligro... de amar

La enfermera Emily Tyler ha venido a Grecia con buenas intenciones, pero Nikolaos Leonidas no ve en ella más que a una cazafortunas que se quiere hacer con el dinero de su familia. Por eso, planea dejarla en evidencia. Invitarla a pasar un fin de semana de champán y pasión en su yate será suficiente.

Cuando por fin Emily puede probar su integridad ya es demasiado tarde, pues se ha enamorado de él. Sin embargo, la vida tan azarosa que lleva el griego no es para la cauta y tranquila Emily. ¡Sobre todo ahora que está embarazada!

En peligro de amar

Catherine Spencer

¡YA EN TU PUNTO DE VENTA!

Acepte 2 de nuestras mejores novelas de amor GRATIS

¡Y reciba un regalo sorpresa!

Oferta especial de tiempo limitado

Rellene el cupón y envíelo a
Harlequin Reader Service®
3010 Walden Ave.
P.O. Box 1867
Buffalo, N.Y. 14240-1867

¡Sí! Por favor, envíenme 2 novelas de amor de Harlequin (1 Bianca® y 1 Deseo®) gratis, más el regalo sorpresa. Luego remítanme 4 novelas nuevas todos los meses, las cuales recibiré mucho antes de que aparezcan en librerías, y factúrenme al bajo precio de $3,24 cada una, más $0,25 por envío e impuesto de ventas, si corresponde*. Este es el precio total, y es un ahorro de casi el 20% sobre el precio de portada. !Una oferta excelente! Entiendo que el hecho de aceptar estos libros y el regalo no me obliga en forma alguna a la compra de libros adicionales. Y también que puedo devolver cualquier envío y cancelar en cualquier momento. Aún si decido no comprar ningún otro libro de Harlequin, los 2 libros gratis y el regalo sorpresa son míos para siempre.

416 LBN DU7N

Nombre y apellido   (Por favor, letra de molde)

Dirección   Apartamento No.

Ciudad   Estado   Zona postal

Esta oferta se limita a un pedido por hogar y no está disponible para los subscriptores actuales de Deseo® y Bianca®.
*Los términos y precios quedan sujetos a cambios sin aviso previo.
Impuestos de ventas aplican en N.Y.

SPN-03   ©2003 Harlequin Enterprises Limited

Deseo

Apuesta segura
MAUREEN CHILD

Todo el mundo hacía lo que Jefferson King ordenaba. Salvo la gente de cierto pueblo irlandés que había "comprado" para su última producción. Y, cuando el magnate cinematográfico llegó al pueblo, descubrió por qué todos se habían vuelto contra él: había dejado embarazada a una de los suyos.

Parecía como si hubiese estado evitando las llamadas de Maura Donohue, aunque no era así. De hecho, no podía olvidar la noche de pasión que habían compartido.

Estaba dispuesto a organizar una boda digna de una reina para la futura mamá. Pero Maura no quería un matrimonio sin amor... y Jefferson no pensaba ceder en ese punto.

*La inapropiada novia de King...
¿y un niño?*

¡YA EN TU PUNTO DE VENTA!

Bianca

Adjudicada... una noche con la princesa

Trece años atrás, Yannis Markides echó de su cama a una joven princesa. Todavía ahora a Marietta se le sonrojaban las mejillas al recordar su juvenil intento de seducción. Rechazar a una Marietta ligera de ropa fue el último acto de caballerosidad del melancólico griego. El escándalo que siguió destruyó su vida y destrozó a su familia. Ahora ha reconstruido su imperio, ha recuperado el buen nombre de los Markides... ¡y está listo para hacerle pagar a la princesa!

Marietta está en deuda con él. Y su virginidad es el precio que debe pagar...

El griego implacable

Trish Morey

¡YA EN TU PUNTO DE VENTA!